瀕死 I

NEAR-DEATH I

THE CHADOWS

陰影

作者
鍾灼輝

目錄

第一章　噩夢

逸辰

其實肉體的痛楚，就跟內心的害怕一樣，透過想像所產生出來的，往往遠比真實感受到的多。而我們唯一需要恐懼的，其實就只有恐懼本身。

逸辰推開這邊世界一端的門，進入一條非常狹窄的神祕管道，管道是用無數的梯級所組成，以螺旋方式無限地一直往上下延伸。他一踏上梯級，馬上就喪失了原有的方向感覺，分不清管道到底是通往哪個方向。或許，在管道裡根本就沒有上下之分，甚至是所謂的慣常方向。這裡唯一存在的，只有無止盡的迴旋循環。

逸辰一步一步地踏上眼前的梯級，這樣的踏步前行持續了相當久的時間，他卻一點疲累的感覺也沒有。突然間，他看見另一道門出現在面前，但他不敢肯定那是否就是剛才進來的同一道門，還是另一道通往不知哪裡的門。也許，世界上存在著各式各樣的門，有不同的形狀大小、不同的構造材質、甚至是不同的開闔方式，但是門存在的本質意義都是一樣的，就是用來分隔不同的空間。

逸辰伸手轉動了門把，從管道中推門走出去，走進了另一個世界的一端。他看見一名穿著白色病人服的少年，少年正獨個兒站在一處像大樓天台的地方，那裡極盡蒼涼，只有呼嘯著的風聲陣陣。少年走到天台的中央，看見地上立著一個奇怪的鳥居木架，然而，這裡並不像是會有鳥兒出現的地方。他再走近去看，發現鳥居的樑柱上，垂下了一條又一條的粗麻繩子，麻繩的末端被紮結成圓環形狀，大小就剛好能套進一個人的頭顱。他赫然驚愕地領悟，那座木架根本不是什麼鳥居，而是一個絞刑台。

少年感到十分害怕，絕望地瑟縮在天台的一角。他一邊忍不住地顫抖，一邊反覆在想，自己到底犯了什麼罪？為何會被送到天台上處死？

此時，天台上的冷風呼嘯地越來越強烈，此刻的風聲，在少年耳裡聽起來，就像是行刑前的奏鳴曲。一隻不知名的大黑鳥突然從天空飛下，烏甸甸的羽毛將大半片天空遮蔽住。大黑鳥降落在絞刑台架上，以不帶任何情感的淩厲眼光，一直緊盯著少年，似是死神派來的使者一樣。

「你的存在本身就是一種罪。」大黑鳥彷彿這樣對少年說著。

在大黑鳥確認了受刑者身分後，便俯衝到少年面前一公尺處，開始用比鋼鐵還堅硬的嘴巴敲啄著地面。天台的水泥地面瞬間被大鳥啄穿一個洞坑，不規則的裂紋，快速地朝少年所在的角落延伸過去。突然「噠！」的一聲巨響，支撐天台的鋼筋斷裂了，整片天台角落從建築主體剝落，少年隨著天台角落一拼掉落下去。

少年極力伸手想要捉住什麼，他張大嘴巴，想要竭力嘶叫，卻發不出絲毫聲響。極度的恐懼與哀傷令他面容扭曲。冷風像硫酸般慢慢地侵蝕著他的身體，掏空他的五臟六腑。少年的軀體，最後只剩下一副空空的白骨，筆直地往下墜落，像是一件被隨意丟棄，毫不重要的物品。

少年無止盡的墜落彷彿成為了物理上的永恆動作，定格。

「救我離開這裡！救我啊……」少年無聲吶喊著。

逸辰突然從噩夢中驚醒。他抹了一下額頭上豆大的汗珠，衣服被汗水沾濕了一大半，他整個人陷入一種渾噩沉重的感覺。他今天又做了相同的噩夢，這已經是一個月以來的第三次了。自從他開始在醫院實習訓練以後，不知為何，這個噩夢就一而再、再而三地出現。他每一次都是在那無止盡的下墜中驚醒過來，分不清那呼喊聲到底是來自那少年還是自己。

他對噩夢絲毫摸不著頭緒，不理解為何自己會做這樣的夢境。他對夢中的白衣少年沒有一丁點印象，幾乎可以肯定少年並不是自己生命中所認識的任何人。但是，奇怪的是，他卻深深感覺到自己跟少年有著某種不可分割的連繫，並且能夠深切地體會到少年內心的那份痛苦與恐懼。

人們都說夢是潛意識要傳達的一種訊息，反映了內心所壓抑的恐懼與情感。難道他的內心裡，有什麼正重重壓抑著他嗎？對此他完全摸不著頭緒。因為此時此刻，他的人生正是處於極度平順的狀態，他剛以優異的成績通過了大學的醫科期末考試，更被派駐市內數一數二的公立醫院當實習醫生。雖然生活及工作不至於毫無壓力，但總算是按著自己所計畫的方向，安穩地前進中。

噩夢中的少年年紀大約只有十二、三歲，穿著醫院中常見的病服，完全看不清臉龐。他身邊並不存在這樣的一個少年，他最近也沒有遇過什麼少年病人。

算了，逸辰決定放棄思考，索性從床上爬起來，拉開厚重的窗簾。清晨的陽光有點過於耀眼，讓他的眼睛無法完全張開。等到眼睛適應過後，他四處張望天空，尋找大黑鳥的蹤影。不要說有鳥，就連雲的蹤影也不見一點。他大大地吸了一口氣，發現空氣中帶著一份奇怪的鹹味，像是海水被太陽蒸發後，所產生出的氣味。他舔了一下自己的嘴唇，沒錯，是鹽分的味道。但房子的周邊根本就沒有海洋啊。

他因噩夢的緣故，流了一身的汗。他起身到浴室洗了一個熱水澡，讓熱水洗刷著皮膚上每個毛孔，把身上可能積存的鹽分徹底清洗掉。在用毛巾擦乾身體後，他看著鏡中的自己，忽然感到有點陌生。他的頭髮已有一段時間沒有修剪，顯得有點雜亂過長，鬍子也應該要刮一下了，最好也把眉梢上過多的雜毛拔掉。但是，這種對自己感到陌生的感覺，並非來自於容貌的不整潔，反而像是在身體深處，出現了某一個令他感到陌生的「東西」。

他突然感到胃裡出現一份很深的空洞感覺，覺得自己需要補充大量的蛋白質與澱粉質。他走到廚房，開始準備製作雞蛋沙拉三文治。他把雞蛋放入冷水內加溫煮熟，把煮熟的雞蛋剝殼後，將蛋白和蛋黃分開。他取出蛋黃壓碎，加入沙拉醬、黑椒及鹽調味，再將切碎的蛋白一起拌勻，做成新鮮的雞蛋沙拉。接著，他在半烤的全麥麵包塗上牛油，再加入大量的雞蛋沙拉、生菜絲與蕃茄，便完成了雙份的超級雞蛋沙拉三文治。

他一邊吃、一邊聯想到剛離開母體的初生嬰兒。飢餓的嬰兒正張大嘴巴，咬緊母親的乳頭拚命地吸啜，彷彿乳汁能填補身體裡一切的空虛感覺。

早上八時整，逸辰踏進了第一醫院的急診室。他穿好醫生的專用白袍，整理好桌上的診療用具，從抽屜裡拿出一副黑框眼鏡架在臉上。一切準備好後，他按下桌子左上角的按鈕，四號診療室門外的綠燈隨即亮起來了。

相比起醫院的其他崗位，急診室的工作，更加充滿了不確定性與挑戰，每一刻都像是在跟時間競賽、跟死神搶奪生命。急診室醫生也許能冒險犯錯，卻不能有片刻的猶豫。

今天的第一位急診病人，是一位頭破血流的青年，青年穿著白色校服，看起來是附近學校的一名中學生。

逸辰心裡先是一怔。不過，這位青年看起來已是十六、七歲，跟夢中的白衣少年的年齡不太相符。

學生按照救護員指示，用大量紗布按壓住右邊額頭，但仍可看見鮮血從裡頭滲出，已經把紗布染紅了一大片。

「逸辰醫生，這一位學生因為打籃球時跟人發生碰撞，不小心把頭給撞破了。」女護士把青年送進四號診症室。女護士的外型肥胖圓渾，不但體型、臉型圓潤豐滿，她還配上一副圓框膠眼鏡，逸辰心想也許她對圓形有著特別癖好。

「他曾經極短暫地失去意識，清醒後有暈眩感覺，並沒有出現嘔吐。他過去沒任何嚴重病患記錄，現時呼吸、血壓及心跳均屬正常。」胖護士向逸辰持續報告著學生傷者狀況。

逸辰用手電筒測試少年的瞳孔反應，再揭開紗布檢查了傷口。他托一托眼鏡，認真地看了青年一眼，然後用力拍拍青年的肩膀說：「你的氣息很不錯啊。完全沒有腦震盪或腦部創傷的徵狀。」

「需要安排照X光或腦掃描嗎？」胖護士問。

「先不用。拿冰塊替他鎮痛止血，等下我再替他縫針。」逸辰補充說，「之後再給他一份蛋沙拉三文治。如果他三十分鐘後仍感到暈眩想嘔，才安排進一步的腦部檢查。」

胖護士瞪大圓圓的眼睛問道：「什麼？冰塊加蛋沙拉三文治嗎？」

「先消毒傷口，再用冰塊止血，準備針線縫合。最後才是蛋沙拉三文治。」逸辰再次清晰地給予指示。

「不用麻醉嗎？」胖護士確認地問著。

「不用麻醉，只需用冰塊就可以了。先冰敷五分鐘，令血管收縮，同時可以麻痺痛感神經。」

「但是冰敷鎮痛的效力十分短暫，最多只有三分鐘時間。真的不需要使用麻醉藥嗎？」胖護士善意地提醒這個上班不久的實習醫生，初生之犢的魯莽自信，她已經見過不少。

「上一次我替自己縫針，也是用這個方法。當時因為是用了左手，所以手勢不太順，但是也沒有超過三分鐘。」逸辰語帶輕鬆地笑著回應。

青年聽到兩人的對話後，臉上流露出比剛才被送進來時更驚慌的表情。

「醫生，不打麻醉針真的沒……沒問題嗎？」

「麻醉藥對腦細胞有一定損害性，打多了人會變笨的。其實有很多自然的東西，都比麻醉藥有效。」逸辰安慰著青年說。

胖護士替青年消毒好傷口，再用一大袋冰塊按壓在流血的地方。

逸辰看見青年還是表現得十分緊張，指著青年衣袋裡的 iPhone 問著：「裡面有放什麼好聽的音樂嗎？」

「都是一些 K-pop 流行歌曲。」青年對於醫生突然的問題覺得有些莫名奇妙。

「那麼，選一首你喜歡的，也讓我聽一下。」逸辰說。

青年只好聽從醫生指示，滑著手機，挑了一首旋律帶點傷感的情歌，這是他最近暗戀的女生喜歡聽的歌。逸辰跟少年兩人把頭互相靠近，像情侶般，一人一邊地把耳機塞進耳朵，情景看來十分有趣。

「你閉上雙眼，專注地好好聽歌，直至歌曲播完才再張開眼睛。」逸辰對少年說。

青年的注意力被有效地分散，面部繃緊的肌肉開始舒緩放鬆。逸辰一面跟著歌曲節奏，一面替少年縫合傷口。他的雙手十分靈巧，針線迅速地穿越少年額頭表面的皮膚，彷如裁縫師傅把布上的破口拉緊補合。整個過程花不到兩分鐘時間。

胖護士開始相信眼前這一位實習醫生的確是有點與眾不同，在縫針的過程中，青年並沒有展露出半點痛苦的表情，甚至連手術已經完成了也不知道。她在急診室工作了將近十年，還是第一次見到喜歡用古老手法的實習醫生。

情歌已經播放完畢，青年聽話地張開眼睛。他看見逸辰就好像什麼事也沒發生一樣，坐在他的旁邊，一同聽著音樂。

「手術完成了？真的一點也不痛啊！」少年不禁對逸辰刮目相看。

「其實肉體的痛楚就跟內心的害怕一樣，透過想像所產生出來的，往往遠比真實感受到的多。而我們唯一需要恐懼的，其實就只有恐懼本身。」

「喔~醫生，我好像明白了。」青年笑著說，覺得這位醫生挺有趣的。

「你的傷口並沒有很深，只要小心處理，應該不會留下明顯疤痕。」逸辰安慰著青年。

「另外，請妳再幫忙檢查一下他的血糖數值。」逸辰轉身對胖護士說。

「我猜你今天應該沒吃早餐吧？」逸辰問青年。

「你很神啊！你是怎麼知道的？」青年一臉驚訝地說道：「我今天太晚起床，趕到學校後，便馬上開始球賽練習了。」

胖護士在幫青年驗過血糖後，發現少年的血糖值極低，就只有四點五。這個實習醫生好像早就知道了這一點。

「你之所以感到暈眩，其實是因為血糖過低造成，並不是什麼腦震盪所引致。」逸辰對青年解釋著。

「其實之前我也有過因此而暈倒的經驗。」青年不好意思地說。

「你身體裡的血糖供應並不穩定，以後必須多加注意啊。」逸辰囑咐道。

「都是家族遺傳的老毛病。」青年語帶無奈的說。

「只要定時定量吃東西，就不會有什麼問題。」

「知道了，我會小心注意的。」青年覺得面前的醫生簡直有透視眼一樣。

「護士小姐，不用給他藥物，他比較需要的是食物。」逸辰笑著說。胖護士微笑點頭，並把少年帶到觀察區去。

直到下班之前，逸辰都沒有停止過處理各種個案。

工作結束後，他正打算離開診症室時，眼角突然看到一個少年在長廊轉角處走過。那少年大約十來歲左右，穿著一身白色病人服，身影跟夢中的白衣少年十分相像。他好奇地追上前看，只是後長廊卻一個人也沒有。難道是錯覺嗎？

「逸辰醫生，有什麼事嗎？」胖護士看見他呆站在後長廊轉角處。

「沒什麼，剛才好像看見一名少年病人在這裡走過。」

「少年病人？在哪裡啊？」胖護士四處張望。「一般少年病人必須在醫護人員陪同下才能進入後治療區的，不可能單獨在這裡走動啊。而且這時候診區裡根本就沒有病人。」

「喔，那可能是我一時眼花看錯了。」逸辰嘴上這樣說的，心裡卻不是這麼想的。

胖護士像是突然想起什麼似的，「你說的少年病人，是不是穿著白色病人服，年紀大概是十二、三歲左右的？」她的臉色突然變得黯淡了起來。

「沒錯。妳怎會知道的？」逸辰好奇的問。

「你該不會是……看見傳聞中的白衣少年鬼魂吧……」胖護士支支吾吾地說出口。

「少年鬼魂？」逸辰驚訝地問。

「最近接二連三都有醫護人員說，在急診室的後長廊看見一具白影飄過。」胖護士停頓了一下。「據說那是很久以前在醫院大樓高處墜下的一個少年亡魂。」

逸辰知道第一醫院的歷史相當悠久，所以一直充斥著許多奇奇怪怪的鬧鬼傳說。本來他對鬼神之說是有所保留的，現在卻因為持續做噩夢的緣故，他忽然變得好奇起來。

「當時是發生了什麼事情？」逸辰問。

「那是在十二年前，曾經有一位十歲左右的少年病人，無故地從這所醫院的天台高處墜下，身體多處嚴重骨折，經過急診室醫生搶救無效，最後證實死亡。警方在事後的調查中發現，男孩是因家庭問題，情緒受到極大困擾，懷疑他是因此而跳樓自殺的。」胖護士回憶著說。

「所以那是一名自殺的少年。」逸辰回應。

「傳聞說，少年死後一直陰魂不散，流連在急診室裡，想要尋找合適的替身。」胖護士開始不安地看著後長廊盡頭。「你難道真的是見鬼了嗎?!」

「光天化日哪會有這麼多鬼啊。」逸辰嘗試安撫她。

「你有所不知，在這個自殺事件發生後，就開始不時有員工看見穿白衣病人服的男孩在急診室裡徘徊走動，但是大家始終都找不著男孩的蹤影。又有好幾次，明明是上了鎖的天台大門，半夜卻不知被誰故意弄開了，即使更換了新的門鎖，這樣的情況依然繼續發生著。最嚴重的一次，是一位保安員晚上聽到天台上傳來小孩的呼救聲，他跑上去查看，卻發現一個人也沒有。正當他想要離開之際，突然看見一個少年白影從門邊飄過，之後門還被無故鎖上了。保安員被嚇得大病一場，馬上辭職不幹。雖然管理層極力否認有這樣的事件發生，但是，最後為了安撫人心，竟然罕有地在醫院天台舉辦了一場法事，說是要超渡醫院裡的亡靈。但是，說也奇怪，之後鬧鬼情況真的平靜下來，所以已經很久再沒聽人說見到白衣少年的鬼魂了。」胖護士一口氣地把所有白衣少年鬼魂的有關傳聞說出。

突然間，一個念頭閃過逸辰的腦海：說不定鬧鬼傳聞其實跟他的噩夢是有所關連的，「那麼，妳知道那自殺少年的名字嗎？」逸辰想要再近一步問些相關細節。

「這個我倒是不知道。」胖護士回答。

「妳就不要胡思亂想了，可能只是我一時眼花看錯而已。」逸辰不想跟胖護士糾纏在鬧鬼傳聞上，說完就轉身離開。

忽然一陣涼風吹過，胖護士渾身都起雞皮疙瘩。她趕緊跟隨逸辰身後，急步離開後長廊。

離開醫院後，逸辰沒有馬上回家，他想去一處能讓自己安靜思考的地方。對他而言，那個地方就只有老頭咖啡店。

第二章　車禍

靖樹

在卡夫卡的眼中，世界是矛盾、荒誕及絕望的，到處都充滿令人痛苦及可怖的事情。只有待在封死的地下室，才會讓人感到安全及平靜。

靖樹快步跑過繁忙的市區街道，匆忙地往香港大學的方向跑去。她一邊跑一邊看著手錶，時針剛好指着十時五十分。心裡想：「我要趕快了！碩士畢業論文的口試十分鐘後便要開始了。」

她停在快要到達大學門前的一個十字路口上，焦急地等待交通燈號轉換，她目不轉睛地緊盯著那紅色燈號已有將近一分鐘的時間，可是紅色亮光並未有絲毫肯退去的跡象。當視覺長時間集中凝視在某一物件後，即使閉上眼睛或轉移視線，人眼仍會看到物件的殘留影象。殘影會與物件的形狀相同，但顏色上卻會出現對立轉變，例如紅變綠、藍變黃、黑變白。這種情形在心理學上，稱之為錯視現象。

靖樹眨一眨眼睛，眼底裡出現了圓形的綠色殘影燈號。她嘗試把目光移離，但那綠色燈號依舊清晰地打在白色的大廈外牆上。此刻，紅色、綠色燈號也同時向她招手，究竟哪一個才是真的？她眼前所看到的，是實際的景象，還是內心的期望？

靖樹首次接觸到錯視現象，是在大學的認知心理課堂上。

「眼睛所看見的，一定是真實的嗎？」系主任向在座的學生們拋出了這一個問題。大部分學生都點頭表示贊同這一說法，還有少數人不予表態。

「大家是否曾經想過，眼睛是會騙人的，眼見其實未必可以為憑。」系主任繼續往下說著，「這是著名畫家達利（Dali）的《奴隸與隱藏的伏爾泰》（Slave Market with the Disappearing Bust of Voltaire）。你們看到了什麼？」系主任按了一下手上的播放器，將一幅畫作投影在教室的大屏幕上。

靖樹先是看到兩個穿著黑、白鮮明服飾的歐洲商人。但是，一眨眼睛，兩名商人卻突然變成了伏爾泰的臉孔輪廓。

「不管你是看到了商人，還是看到了伏爾泰，都可以說對，也可以說是錯。這是一種由錯視現象所造成的雙重認知。」系主任開始解釋道。

「錯視幻覺的應用早就存在於我們日常的生活中。藝術家往往將其運用在建築與繪畫上，以求製造出比現實中更完美的視覺效果。譬如說，古希臘人很早就發現到，從遠處觀看物體的直線邊時，不管是直立或是水平，直線條的中段都會給人輕微凹陷的感覺。為了消除直線被曲線化的錯覺，希臘人故意將直造成少許凸曲，這樣就可令所建成的神殿柱體看起來更筆直完美。」

靖樹身旁的女同學喃喃地說：「對啊，東方人也喜歡玩這種把戲，把廟宇裡的佛菩薩雕塑成上寬下窄，這就可以讓神像在聳立時，看起來更加顯得雄偉莊嚴。不管是政治、宗教、娛樂或商業活動，生活裡其實到處都充斥著這些騙人技倆。」

系主任繼續說：「心理學好玩的地方不只於此。只要你懂得把幾何圖案巧妙地排列，或是透過認知上的一些慣性，例如改變物件在認知上的大小、形狀、色澤、明暗及動態，便可輕易設計出會令人產生錯覺的景象，最後創造出令人誤會的想法，甚至產生見到靈異現象的場景。」

系主任再換上另一幅畫作。「我們再來看看這一幅艾雪（Escher）的《升降》（Ascending and Descending）。」

畫作中，一排士兵在大樓頂層的四方天台沿著階梯往上爬，另一排士兵則在對面同時往下走。兩排士兵都是在同一個層面上，剛好形成了一個無止盡的來回上下的循環。

「這就是有名的潘洛斯階梯（Penrose stairs）。畫中天台的構造，既符合所有空間的透視原則，但是卻又不可能存在於真實建築上。在電影《全面啟動》（Inception）的夢境情節裡，盜夢者亞瑟就是利用這潘洛斯階梯，成功地欺騙一眾追捕他的防禦者。」

系主任播放出盜夢者在酒店中追逐的片段，學生們都深深被緊張的情節所吸引。

那階梯真的不可思議啊！驟眼一看，每一處都沒有問題，但是走著走著，卻又回到原來的地方。靖樹心裡暗暗讚歎著。

系主任接著解釋說：「潘洛斯階梯是一個有名的幾何悖論（Paradox）。悖論就是指一種自相矛盾、模稜兩可，卻又能自圓其說的命題結果。在邏輯推理上，你無法作出肯定或否定，既是正確也非正確的結論。比如『我是一個說謊者』，就是一個悖論的例子。如果我真是一個說謊者，那我所說的話都是謊言，這句話就根本不可信，亦間接說明了我不是一個說謊者。但是，如果我不是說謊者，那我所說的話都是真的，卻又等同承認了我其實是個說謊者。

台下的學生們都聽得有點頭腦混亂，開始紛紛討論了起來。

靖樹心裡想，潘洛斯階梯就是建築上的悖論，一個始終向上或向下，卻又無限循環的階梯。這感覺簡直就像是輪迴一樣。

「都是一些似是而非的廢話嘛！腦袋有問題才會搞不清的。在這個命題上，說謊的概念被真假概念所偷換了，才變成了二元對立的邏輯矛盾，兩者皆有可能，卻又不能同時存在。」靖樹身旁的女生不屑地搖搖頭說。「真的假不了，假的真不了……」

靖樹忍不住笑了一下。看來這女生頭腦十分清醒，說得一點也沒錯。她快速地瞄了身旁女生一眼，從外觀上來說，那是一位非常引人注目的女生，長得一臉帥氣、五官分明，並留有一頭清爽的短直髮。女生的身型高挑偏瘦，是一副天生模特兒的骨架子，應該是很受女同志喜歡的類型。靖樹一眼就能看出她是個口直心快，不喜歡扭捏做作的急性子。

只是，靖樹當時做夢也沒想到，這女生之後竟成了她在生命中最親近的閨蜜～無雙。

「叭！叭！」汽車的喇叭聲，把靖樹的思緒拉回當下，她再眨了下眼睛，覺得自己看到了人行綠燈。因為已經快遲到了，靖樹於是拔腿就跑，希望以最快的速度穿越馬路。正當她已經跑到馬路中心位置時，突然一陣急速煞車聲，從她身後響起，一輛紅色計程車差點撞上了她。計程車的輪胎冒起陣陣白煙，並在柏油路面上留下了兩行黑漆漆的煞車痕跡，空氣中隱約可嗅到橡膠被高熱磨燒的刺鼻氣味，車前的防撞保險槓跟靖樹的臉龐相距不到五公分。

靖樹被這突如其來的意外，嚇得跌坐在地上，她的嘴巴大大地張開著，喉嚨卻無法發出聲音。她空洞的眼睛已經完全失去焦點，大量光綫從外同時間湧入眼球內壁，引發了短暫的目盲，這一瞬間，她只感覺眼前全是白茫茫一片。

計程車司機是一個禿頭老粗，他拖著肥胖臃腫的身軀，不情願地下車查看個究竟。禿頭司機第一時間檢查的，卻是計程車的車身。他仔細地檢查車身是否被刮花或撞凹，然後以一種厭惡的眼神，瞄向跌坐在地上的年輕女孩，彷彿只是在看一隻胡亂穿越馬路的貓狗一般。當他發現車子並沒有碰撞到女孩，確定女孩是自己跌倒在地上後，他更加顯得極為不耐煩，站在車旁開始叨絮責怪著女孩。

旁邊的路人開始圍上來觀看熱鬧，卻沒有人走出來對靖樹伸出援手，只是站在路邊不停地議論。圍觀的路人既不想惹上麻煩，也害怕牽涉進什麼意外詐騙事故，因此都在等待，看看有誰會先出手行動。

一個路人心裡在想著：「這個年頭，誰也不能相信誰啊。光看表面，真真假假，誰能說得準呢？」

另一個路人心裡的念頭則是：「反正還有其他人在現場，也不差我一個人幫忙啊。」這種想法把袖手旁觀的罪惡感大大減輕了。

「妳怎麼過馬路都不長眼睛?!明明是紅燈也跑出來？妳還不趕快起來？不要這樣擋在路上，不要給我添麻煩啊。要是妳發生什麼意外，可跟我沒有半點關係。」禿頭司機一再強調自己沒有犯錯。

突然間，一直呆坐在地的靖樹，像想起什麼似的回過神來。她趕緊用力撐起身子。她並沒有理會那禿頭司機，拔足就衝過對面馬路，快步奔走到大學的東門入口，才緩下腳步稍作喘息。

大學的東門是一座石造牌坊，兩條圓形立柱跨越在上坡的路上，中間的橫板刻著「香港大學」。每次當靖樹跨越牌坊時，她的心境都能夠立即安靜下來，有一種出嫁後回到娘家，自然而然的安心感覺。牌坊像是一道無形力場，抵擋了社會的煩囂亂象，把大學與現實世界隔絕起來。大學既是讓青澀學子可以學習成長及生存技能的大型訓練基地，同時也是避免稚嫩心靈被混沌社會所同化污染的最後堡壘。

經過牌坊後，就是連接大學本部的電梯大堂。平常擠得滿滿師生的電梯大堂，今天卻出奇地冷清。靖樹從進入東門開始，就發現沿路上一個人影也沒看到過。今天明明是上課的日子，人都跑哪裡去了？

在走過圖書館時，她更感受到一絲不尋常的氛圍。雖然館內燈火通明，裡面卻是一個人影也沒有，不要說那些借書或還書的學生，就連接待處或服務櫃台的管理員也不見蹤跡。只有在入口處的還書架上，雜亂地堆放著幾本被交還的書本。

這詭異的氣氛令靖樹感到不安，她覺得自己就像走進一所突然被遺棄的大學一樣。雖然四周仍然保留著人類曾經活動及出沒的痕跡，但是由於某種不可預告的原因，大家不得不馬上從大學疏散撤離。而且並不是普通的撤離，而是一種急迫到連收拾或關燈的時間也沒有的緊急情況，所以現場一切才都保留在離開前一刻的狀態。

靖樹不禁聯想到被輻射淹沒的烏克蘭普里皮亞季城。

她曾經在報導中見過一系列的車諾比核電事故照片，在一九八四年四月二十六日，核電廠的四號反應堆因過熱爆炸，洩漏出比二戰時的日本原爆還要高出二百倍的有毒輻射物質。核電廠所在的普里皮亞季城（Pripyat）因受輻射嚴重污染，四萬五千名居民需緊急從家園撤離。之後整座城市便一直被封鎖隔絕，市內的一切包括房屋、餐廳或學校，至今還保持在當時的原來樣貌，時鐘的指針永久地停留在凌晨一時二十三分核爆的一刻。

先不要胡思亂想了！靖樹告訴自己，不管是發生了什麼事情，現在最重要的，還是盡快趕到口試現場。如果考官並沒有跟其他人一樣消失，那麼畢業口試遲到的下場可就不妙了。她趕快衝進文學院大樓，直奔口試的房間。文學院是一棟三層高的英國殖民時代建築，已經有近百年的歲月，這裡不但是大學的象徵建築，也是一眾校園靈異事件傳說的發源地。

靖樹沿著木質樓梯走向地下樓層，木板隙縫間，發出了讓人不安的喀吱喀吱聲響。因為木頭受潮的關係，樓梯間彌漫著一股潮濕發霉的味道，叫人作嘔反胃。下到了樓梯底部後，是一道深長的走廊，走廊四周都被石屎牆壁封死，只有一個像密室般的房間在走廊盡頭。房間的門樑上正亮著一盞紅色小燈，門燈的顏色跟十字路口上的交通燈十分相似，都有一種強烈吸引目光的力量。

如果不是熟悉文學院大樓結構的人，大學裡恐怕有八成以上的師生，根本不知道這一棟樓裡會有這樣的一個房間存在。靖樹之所以知道此地，是因為她曾經不只一次到過那間密室。

在大學一年級時，她兼修了一科冷門的比較文學課，那一門課的講師是一位專門研究卡夫卡（Kafka）作品的外籍教授。外籍教授為了讓同學更深切體驗卡夫卡的內心世界，特地選了這個像被封死的地下房間作為閱讀研究室。

外籍教授曾經不只一次這樣對學生們說：「在卡夫卡的眼中，世界是矛盾、荒誕及絕望的，到處都充滿令人痛苦及可怖的事情。只有待在封死的地下室，才會讓人感到安全及平靜。如果想要真正了解卡夫卡的作品，就必須用他的眼睛看世界。」

靖樹經常跑往那密室閱讀卡夫卡的作品，想要感受卡夫卡有過的體會。她曾經跟外籍教授討論說：「卡夫卡的作品都有一種很深的抽離感。而且他似乎不僅僅是跟外在世界遠離，也彷彿努力地與自己疏遠。」

外籍教授對於靖樹的深入觀察表示讚許，他說：「妳的感覺很敏銳。因為卡夫卡認為自己的存在與世界極不協調，甚至覺得自己的身體就像是一個陌生人。對卡夫卡來說，死亡本身太過費時失事了，因此他認為最好的方法就是讓自己萎縮，不斷地萎縮，直至安靜地消失為止。而他最理想的工作場所，就是一個能夠與世隔絕的地方，封死的地下室就宛如一座內心的堡壘，為他帶來安穩與寂靜。」

靖樹頓時明白教授的說明，「這是一種安全距離。」

外籍教授點點頭說道，「書寫對他來說，是一種逃避，是一種懲罰。同時，也是一種精神救贖。」

然而，在學期快要結束的前一星期，外籍教授被發現意外倒斃在上鎖的閱讀室裡，他的死因成了一個謎團。自那以後，密室便一直被棄置，再也無人使用。雖然校方對外宣稱，外籍教授是因心臟病突發失救而死亡的，但是這樣的澄清，並沒有降低大家對密室的恐懼，反而陸續出現了各種各樣的鬧鬼傳聞。從此，密室便被大家背後稱為「卡夫卡的死囚室」。文學課程因為教授的逝世中止之後，靖樹便再也沒到過那密室去了。

沒想到就在快要碩士畢業之際，居然冥冥中她又再一次地被引導回到密室。為什麼學校非要選卡夫卡死囚室作為口試房間呢？

如果單是從外觀來看，密室外的走廊跟以前並沒有分別。地板上仍保有像潑倒咖啡的漬痕，兩邊牆身的油漆依舊是一片斑剝，一切都符合她記憶中對密室的印象。然而，當她走著走著，便發現整條走廊的質感突然起了微妙變化。首先是走廊的結構空間，有如麵條一樣被拉長了，變得比之前更深更遠，她已經走了好一段時間，還是沒有到達盡頭。另外，走廊裡的光線也比一般薄弱，但這並不是因為天花板燈光的亮度問題，而像是光本身的質感變得稀薄了，有種褪色感。

但是，光線怎可能無緣無故地褪色了？靖樹疑惑地想著。難道自己因為剛才的意外跌倒而受驚過度，導致身體的感知力還沒有完全恢復過來？加上身處在密閉的狹長空間，特別容易產生錯覺幻象。心理研究早就說明，許多所謂的靈異事件，其實都只是認知上的偏差，特別容易在這種不穩定的身心狀況及環境下產生。

在抵達密室門口時，為了抖擻精神，靖樹揉了揉眼睛，大大地深吸口氣後，輕輕地敲門。等了好一會兒，沒有任何回應，也聽不見房內有任何動靜。她於是再次稍微地用力敲門，敲門的扣擊聲在安靜的走廊迴響著，讓人隱約有種不安感。要是房間內有人，那敲門的聲響絕對足以引起房內人的注意。

她依舊沒得到任何回應。難道考官也跟其他人一樣離奇地消失了嗎？還是，是她莫名地走進了一個沒有人的空間裡？

情況發展已經超越了靖樹可理解的邏輯範圍，她甚至開始相信這一切都只是一個奇怪的夢。猶豫了一會兒，靖樹決定還是要進去看個究竟。她大膽地轉動房門把手，才發現門根本沒有上鎖。她微微用力地把門慢慢往內推，門鉸響起了異常尖銳刺耳的磨擦聲。她本能地用雙手緊緊捂著耳朵，然而，金屬聲輕易地貫穿了她纖薄的手掌。在一陣耳鳴過後，她什麼再也聽不見，聽覺像是瞬間被誰奪走了一樣。

更讓她驚嚇的現象，卻還在後頭。眼前的卡夫卡死囚室，竟然變成了一個黑洞。她看不出黑洞到底有多深、多大，只能感覺到那黑洞擁有把一切吸收進去的能量。如果不是因為房門原本就關著的話，恐怕走廊裡的光與空氣早已被黑洞吸收殆盡。剛才的門鉸聲大概也是這樣被吸收進了黑洞。靖樹可以感覺到，黑洞裡頭就只有絕對的黑暗與寂靜。

她不禁想著，如果這一切真的是一個夢，那肯定是個跟死亡有關的夢。因為她覺得自己已走進了一個死後的末日世界。

第三章　老頭咖啡店

逸辰

也許，每個人都需要找到這樣的一處地方，可讓自己從現實世界中，短暫地抽離。

逸辰是在一次漫無目的地閒逛下，偶然間發現老頭咖啡店的。咖啡店座落在一條不甚起眼的小巷子裡，店門外並沒有掛上一個明顯的招牌，如果不是刻意尋找或有人介紹，一般人即使路過也很難發現，這裡竟然有一間咖啡店的存在。那時，當他一推門走進去，馬上就被濃厚的咖啡香深深地吸引住。整個室內空間像是長時間被咖啡香氣薰蒸過一樣，十分誘人。

咖啡店內的裝潢十分原始簡陋，有點像是從學校教室所改裝而成的感覺。全店就只放了六張木書桌，而且是給中學生上課用的那種書桌，每一張書桌大小剛好能容納一個人獨坐。至於咖啡工作台，則是少見地設置於店的中央位置，而且面積大得不合比例，幾乎占據了全店三分一的大小。由於座位設計的關係，這裡像是專為單身客人而設的特色咖啡店，而在平常的非假日時間裡，通常也是門可羅雀。

整個店內，唯一勉強能稱得上裝飾的物品，就是工作台層架上的各種咖啡沖泡器皿與用具，以及貨架上排列整齊的不同種類咖啡豆子。豆子依據著產地的經緯度，由東至西整齊地被陳列著，包括來自印尼的蘇門答臘、曼特寧；東非的肯亞、依索比亞；太平洋島國的巴拿馬、牙賣加；中美的瓜地馬拉、哥斯達尼加；南美的哥倫比亞、巴西……豆子種類竟然遠比大型咖啡專門店還要齊全，可以說是一個縮小版的咖啡共和國。

有別於一般咖啡館，老頭咖啡店裡並沒有任何音響設備，也沒有稱得上是音樂的東西在播放。在這裡唯一能聽到的，就只有製作咖啡時所發出的各種聲響，例如水龍頭的流水聲、煮水的滾泡聲、瓶具的碰撞聲、咖啡豆的研磨聲等等。加上店主本身就是一個安靜的人，很少會主動跟客人交談或八卦，使得這一家咖啡店顯得格外寧靜，那是一種與現實世界脫離的寧靜。也許，每個人都需要找到這樣的一處地方，可讓自己從現實世界中短暫地抽離。

咖啡店的店主真的叫做「老頭」。老頭既是店裡的咖啡師，也是這一家店裡唯一的服務員。老頭的身高大概只有一百五十公分高，個子只比中年級的小學生再高一些。他的體型十分纖瘦，四肢也不強壯，如果不小心摔倒，他的骨骼像會隨時折斷一樣。

老頭的最大特徵，就是擁有一顆大得不合比例的頭顱。他的樣貌長得也有點古怪。雖然跟正常人一樣，擁有一雙眼睛、一個鼻子、一個嘴巴，但是整體五官卻缺乏了正常人應有的立體感。也許是他在出生時，頭顱受到產道的過度擠壓，把他原來的臉孔壓平了。於是，這一張奇特的臉像變成了他的一個巨大胎記。有些事情，如果一開始沒有順利進行，不管後天如何努力改變，也無法恢復成應有的正常狀態。

在下午五時一刻，逸辰推門走進了老頭咖啡店。老頭正背對著大門在工作台後做著什麼，他根本沒有發現有客人進來了。逸辰先是安靜地坐在一旁，等待老頭把手頭的工作完成。老頭每一次只能集中做一件事情，當他把精神專注在弄咖啡時，便沒有多餘的氣力放到人際交流或別的事情上。過了大約五分鐘的時間，老頭才突然發現逸辰來了。

對於逸辰在快要關店的時候到訪，老頭倒感到有點驚訝。「醫院的實習工作不是已經開始了嗎？」

「實習已經開始一個月了。今天我是在急診室當早班，下班後突然很想喝一杯熱騰騰的咖啡，所以便趕過來了。」逸辰語帶疲憊地回答著。

「你的臉色不太好。急診室的工作是否太累了？」老頭看著逸辰說著。
老頭感覺跟逸辰頗為投緣，算是他少數願意談話的對象。
「工作倒是還可以，只是頭腦感覺有點混亂。」逸辰用手指輕輕按摩著太陽穴。
「醫院這種地方待久了，的確是會讓人思想混亂的。」老頭補充，「可能我從小就常待在醫院，所以一想到醫院就覺得頭痛。」
「所以我才需要來這裡清醒一下頭腦。」逸辰半玩笑半認真地回應著。
「今天你想喝什麼咖啡？」老頭知道逸辰平常喝咖啡都習慣自己挑豆子。
「能請你替我推薦一款咖啡豆嗎？我今天的腦力像是已經耗盡了。」其實逸辰從早上的噩夢驚醒後，就一直有種隱約的疲憊感。做噩夢其實是一件很花力氣的事情。
老頭盯著逸辰，呆看了半响，彷彿在腦海裡盤算著什麼似的。過了一會兒，他在貨架的右排末端，拿起了一袋豆子，旁邊的牌子寫著：耶加雪菲。耶加雪菲是產自東非衣索比亞的豆子，相傳那是最早發現咖啡的地方。逸辰之前也曾經在別的地方喝過這一款豆子，他對這款豆子印象很深，因為它的香氣獨特清新，口感給人一種圓潤平衡的感覺。逸辰點頭表示贊同老頭的推薦。雖然老頭樣貌有些怪異，但是他卻是一位優秀的咖啡師，能精準地判斷咖啡與客人的匹配度。
老頭開始認真地準備製作咖啡。他一面磨豆，一面燒水，十分有系統地執行每個工序。他把研磨好的咖啡倒進裝有濾紙的過濾杯，平整好粉末後再注入十毫升的開水，開始咖啡悶蒸的過程。開水的溫度需要維持在九十度左右，時間大約是五個呼吸。濾杯中的粉末因遇熱受潮，逐漸膨脹隆起，像一個大磨菇從裡頭生長出來。在悶蒸完成之後，他在大磨菇的中央位置再注入開水，以順時鐘方向往外打圈，直至貼近邊緣再循環折返。他非常小心地控制注水的流量與速度，盡量讓水柱保持圓潤有力，延綿不斷。最後一壺琥珀色的咖啡就這樣完成了。老頭將這一壺像是傾注他全身力氣的咖啡，放在逸辰的桌上。

逸辰先深深吸一口咖啡香氣，他聞到了香甜的水蜜桃、柑橘、堅果與巧克力的氣味。他輕呷一口，讓咖啡在舌上流動，沾滿整個口腔。咖啡的酸味強而有力，令豐富的果性變得活躍起來，製造出平衡豐富的層次感。即使滑進喉嚨後，那餘香餘韻仍歷久不散。他已經很久沒有嚐到這麼均衡和諧的耶加雪菲了。

逸辰喝過熱咖啡後，繃緊的後頸神經已經舒緩下來。他有時候感覺，看著老頭專注用心地做著每一件事、每一個步驟，反而令人明白，活著原來是一件多麼簡單的事。

據逸辰所知，老頭一出生，便患有罕見的遺傳怪病，他的體型既長不大，還會出現提早衰老的徵狀。他的真實年紀，其實跟逸辰差不多，只是因為自小便長得像個老頭子，所以大家都嘲笑他為年輕的老頭。他自己對於老頭這個稱呼並不是太介意。可能他認為名字本來就不是按照自己意願所取，好像只要大家喜歡，叫什麼稱呼也沒關係。

「你對醫院沒有好感，是否因為小時候常生病的緣故？」逸辰從沒有查問過老頭的病歷紀錄。

「我的病大概是從出生那天起，便沒有停止過。」

「那你會常常想到死亡的事情嗎？」逸辰好奇地問。

「在我小時候，連醫生也說不準我能活到多久，所以我每天都在想死亡的事。我能順利成長到現在，已經算是一個奇蹟。」

「現在還會擔心嗎？」

「由於不知道自己每晚睡著以後，明天還會不會醒來，所以我已經習慣性不會去想明天或未來的事情。就像死亡已變成了我日常生活的一部分。」老頭比喻著說。

「就如同每天都要睡覺，所以就不會特別去想睡覺這件事情。但是，如果好幾天都缺乏睡眠，反而會突然擔心起睡眠來。」逸辰也打著比方說。

「差不多是這個意思吧。」老頭輕輕地點頭。

由於老頭的頭顱比一般人大上許多，所以就算是輕微的動作，頭顱搖擺的幅度也會顯得十分誇張。即使身為醫生，逸辰也很難想像他的脖子結構，是如何支撐這顆頭顱。

逸辰喝一口咖啡，忽然好奇地問老頭：「那你睡覺時會常做夢嗎？」

老頭搖搖頭。「或者我的腦袋不好，好像從小到大都不會做夢啊。」

「從生理學角度，做夢是一種不隨意的潛意識活動，跟腦袋好壞並沒有特定的關係。其實每人每天必定都會做夢，而且不是一或兩個，是多達四至六個夢啊。所以光是做夢，就會花掉了一至兩個小時的睡眠時間。」逸辰解釋說。

「這聽起來蠻嚇人的，我竟然不知道自己有做過這麼多夢。」老頭一直以為做夢跟做運動是差不多的東西，所以沒想過自己能有力氣做這麼多的夢。

「不過對夢境完全沒有印象也是正常的事，因絕大部分的夢都會瞬間被遺忘。在睜開眼起計五分鐘，百分之五十的夢已給忘記，等到起床後十分鐘，九成的夢已徹底消散了。」

「反正我的記性不好，通常只能記住三天內所發生的事情。」老頭把頭歪向一邊，拍拍自己的腦袋。

「這樣也是一件不錯的事啊，因為就不會常常想起那些不快樂、不好的事情。」逸辰想要安慰老頭。「你知道大自然中最快樂的生物是什麼嗎？」

老頭大幅度的搖搖頭。

「是金魚。因為金魚就只有七秒的記憶。」

「但如果碰到快樂的事或好的事，金魚也同樣記不住啊。」老頭回應說。

「反正，只要能記住當下發生的事情就足夠了。」逸辰說。

「我的生命中也沒有太多需要記住的事。」老頭坦白說。「而我也只能專注在手頭的事上，要是在做咖啡的時候，突然記起某個東西，那咖啡肯定就糟了。」老頭一向只能在同一個時間點做一件事。

之後，逸辰點了續杯的耶加雪菲。

老頭為逸辰送上新的咖啡。

「那麼你都能夠清楚記得自己所做過的夢嗎？」老頭好奇地反問他。

逸辰認真地想了一會。「如果是屬於自己的夢，我倒是清楚地記得一個。」

屬於自己的夢？老頭不明白夢怎會有不屬於自己的，但他沒有追問下去。反而，老頭更關心那到底是一個好夢還是噩夢。

逸辰開始慢慢憶述那個夢境。

＊

叻仔是一隻小猩猩，牠自小住在動物園裡，沒有父母，也沒有看過真正的森林。動物園的餵食鐘聲，每天都會準時響起，猩猩們會從四面八方跑到食堂，洗乾淨自己的雙手等待被餵食香蕉。每一隻猩猩每天可獲派三根香蕉，如果有參與中午的巡遊匯演，可以額外多分到兩根。叻仔常常因為貪睡而錯過匯演，所以通常一天只能拿到三根香蕉。到了晚上關燈時，他總是由於餓著肚子而睡不著。有一晚，他半夜餓醒，起來想要找食物果腹，走著走著，走到了動物園的籬笆圍牆旁。

管理員在猩猩還小的時候，就常耳提面命地對幼年猩猩說：「園外是一片大沙漠，沒有水，沒有食物，就只有毒蛇與蠍子，千萬不要走出去啊。」

但是，叻仔從小一直做著同樣的一個夢，夢見園外其實是一大片森林，有著吃不完的香蕉。這一晚，叻仔決定翻牆爬出去看看，卻因為太胖，而從籬笆上摔了下來，這時他才發現自己已經被馴養成一隻不懂爬樹的猩猩了。從這一天開始，叻仔重新學習爬樹，每天努力在人造棚架上盪來盪去，其他猩猩都覺得他瘋了。

到了某一天晚上，叻仔終於成功地翻越籬笆圍牆，逃到園外的森林去。他看到了一大片蕉林，樹上掛滿了黃斑點的有機香蕉。

他很快地跑回去跟其他猩猩說：「你們也快逃出去吧，外面有吃不完的香蕉，不但不用分配，而且不用表演，也不必等人來餵食！」

園子裡的猩猩們都不敢冒然逃出，因為他們從沒看過蕉林，習慣了規律安穩的生活，猩猩們紛紛拒絕叻仔的提議。牠們對叻仔說：「園裡有管理員餵香蕉，保證不會餓死，屁股髒了有傭人擦，得了猩紅熱還有醫生來看診。相比起外面風大雨大，幹嘛要這麼辛苦出去找香蕉？萬一找不到怎麼辦？萬一沒地方住怎麼辦？」

「但是，留在這裡連吃飯、睡覺、甚至交配，都要由別人來決定！」叻仔不理解為什麼其他的猩猩們願意過這樣的生活。

爭論了好一會兒後，還是沒有一隻猩猩膽敢跟著離開。叻仔猶豫了一會，決定獨自上路，離開動物園。管理員為了讓猩猩們相信動物園才是最安全的地方，故意放走凶猛的鱷魚進森林，嚇得所有的猩猩更加不敢接近森林。鱷魚在森林覓食時，看到身材肥美的叻仔，準備從後面咬牠的屁股飽餐一頓。叻仔看見惡形惡相的鱷魚，不但不覺害怕，更突然地轉身，一腳把鱷魚踢暈了。原來鱷魚已經同樣被馴養成只懂嚇唬、不懂攻擊的動物。相比起偽善的管理員，叻仔覺得鱷魚一點都不可怕，而且在森林裡的生活，比起在動物園裡來得更加自由自在。

叻仔每天睡到自然醒來，享受可以自由覓食香蕉的樂趣。只要他相信自己，不對未來感到擔憂而自行回去，他的生活過得遠比動物園裡的猩猩更有意義。

＊

逸辰告訴老頭：「我從小就擁有一隻白猩猩毛公仔，他就是這個夢中的叻仔。」

「聽起來是個很有趣的猩猩大冒險故事啊。」老頭在想，叻仔可能跟他一樣，擁有一顆很大的頭顱。

「對啊，人生本來就像是一場大冒險。」逸辰回應說。他一直希望自己長大後能像叻仔一樣：

相信自己可以翻越高牆，離開動物園式的生活。

「你怎會想要經營這咖啡店的？」逸辰一直不知道老頭咖啡店是怎樣開始的

老頭認真地想了想。「正常的上班工作好像從來都不在我可擁有的選項裡。怎麼說呢，不是我沒有這個能力，是我的身體及腦袋適應不了。」

逸辰努力想像老頭所說的情況。如果把上班工作當成是爬樓梯，要順利爬上去，就必須懂得爬樓梯的技巧，步伐若是不能跟梯級的高度及寬度協調，即使有再強的肌肉，恐怕只會舉步為艱，甚至不斷地落後摔倒。因為爬樓梯的要訣，早就被誰預先設計好了，想要能站穩陣腳，就只有牢牢記住規則，並且嚴格遵循。

「就是適應的問題。」逸辰點點頭表示明白老頭的意思。

「在高中聯考的前三天，我決定了放棄考試。因為我發現，在學校裡所教授的東西，並不能幫助我在這個現實世界生存，畢業後所謂的出路，也不是以我的條件，能夠順利走下去的。」老頭解釋。

就在那一天，老頭跟父母相約在學校附近的咖啡店，把退學的決定告訴父母。父母對他的決定，既沒責怪、也沒反對。「你跟一般的孩子不同，生命並沒有太多的時間可以浪費。如果有你喜歡的事情就趕緊去做吧。」

其實，老頭從小到大，並沒有特別喜歡什麼，也沒什麼非做不可的事情。他只希望能靠自己的一雙手做一些什麼。那一天，他望著杯中的咖啡許久之後，抬頭對父母說：「我希望能有一處屬於自己的空間，用我的雙手沖泡出一杯好咖啡。」

父母聽了他的話後，便把原來的老舊房子重新規劃了一下，騰出地下樓層的大半地方，改造成現在的老頭咖啡店。自那時起，咖啡店就變成了老頭的生活空間，亦是他在這世界上唯一可安身立命的地方。

在老頭的一生中，並沒太多的選擇，他覺得自己的選項甚至比別人簡單得多：要不甘心接受、並且努力地生存下去；要不就乾脆趕快的死去。他已經很習慣被現實世界拒於門外，但這樣的孤立，反而令他沒有表現自己或討好別人的需要。所以他的頭腦比誰都清晰，清楚地知道自己不需要什麼。

「那你能順利適應醫院的工作嗎？」老頭反問他。

逸辰想了想，也比喻著說：「雖然我很喜歡醫療的工作，但到醫院上班這東西，有時候就像會勒緊人胃的橡皮圈，使人消化不良。雖然習慣了就不當一回事，但是還是偶爾會感到胃部不適。」逸辰再補充說：「再加上我本身胃就不好，恐怕需要很大的能耐與時間，才能真正適應下來。」

「但是你起碼有可以適應的能力。」老頭直白地說：「加上你本身就是醫生。」

逸辰點頭苦笑。他再呷一口耶加雪菲，熱騰騰的咖啡沿著舌頭慢慢滑進喉嚨，一股暖流沿著食道緩緩流下，讓整個胃部也溫熱起來。

第四章 納迪葉預言

靖樹

當一切被掏空以後，她反而感到一份從未有過的平靜，她發現原來生命並沒有什麼值得恐懼，又或是可以執著的地方。

一直以來，死亡對靖樹來說，不過是生命中，一次又一次突如其來的不辭而別。更何況，現在家裡就只剩下她孤身一人，就連跟誰告別的必要也不存在了。

在她三歲那年，奶奶因為癌病復發，在手術後引起了嚴重的併發症，已經到了無法治療的地步，與其一直痛苦地拖延下去，奶奶選擇了有尊嚴地接受死亡的到來。奶奶不顧家人反對，擅自離開了醫院，更下達了不要再被送院搶救的最後心願。對於當時年紀尚小的她，死亡是一件還無法理解的事情。在奶奶去世後，靖樹像是頓時失去了最心愛的玩伴，她雖然哭鬧了好一陣子，還是再也見不到奶奶。直到最後，她也只好放棄，把注意力投入到別的玩偶上。

在她六歲上小學的第一天，靖樹站在學校的大門內，望著媽媽的身影逐漸縮小遠去，直至變成跟她一樣的高度。放學時，她馬上跑到相同位置等待媽媽來接她回家，但是等了好久，也不見媽媽身影。原來，媽媽在上午回家的路上，被一名醉酒的貨車司機撞倒，頭骨爆裂，當場死亡。醉酒貨車司機被控以魯莽駕駛引致他人死亡罪名，判入獄五年。醉酒貨車司機五年無法回家，媽媽卻從此再沒有回過家了。可能由於大腦用做儲存記憶的部分還未完全成熟，她對媽媽的印象總像隔著一層霧般模糊。而記憶中最深刻的，就是發生意外那天早上，媽媽那個跟她一樣高度的背影。

在她九歲的時候，這一次，死神選上了她的爸爸。那一天爸爸如常地在家吃早餐，如常地拿著早報出門，如常地在建築工地上工作。而唯一沒有如常的，就只有工作地上的棚架。棚架出現了不尋常的金屬疲勞，導致螺絲鬆脫、支架變形。爸爸從十米高的工作台摔倒在地上，脊椎及肝臟嚴重受創，一直陷入昏迷狀態，再也沒醒過來看她一眼，或跟她說過半句話。三天後，醫生宣布爸爸腦幹已經死亡，正式離開了與她同在的世界。

到了她十二歲那一年，她徹底地變成了孤兒。她在世上，已經不再擁有所謂的至親親人。那一天下午，爺爺在安樂椅上安靜地睡著了，而且睡得特別深、特別沉，不管她怎麼努力喊、用力搖，都沒辦法把爺爺叫醒。她哭著跑去找鄰舍的張伯伯，張伯伯告訴她：「爺爺太累了，要睡很久很久。我們不要去吵醒爺爺，讓爺爺安祥地睡吧。」

她一直陪伴爺爺到醫院的太平間，渴望奇蹟出現，讓爺爺能再次地醒來。直至她看見爺爺躺在冰櫃裡一動也不動，她才不得不接受爺爺已經死去這個事實。多次與至親的生離死別，讓她最無法接受的是，每一位親人都沒有跟她好好地告別便離開了。由於缺少了一個正式的告別，她一部分的心，彷彿也跟隨離開的親人消失了一樣，只留下彷彿永遠無法彌補的空洞感。

此刻，靖樹雖然沒有想要就此死去的欲望，但卻也沒有非活下去不可的理由。突然間，一件發生在兩年前的往事卻閃過她的腦海。難道那個跟死亡有關的預言真的應驗了？

在大學畢業前的最後一個暑假，靖樹跟無雙到了印度旅行。

「大家的畢業旅行不是跑歐洲便是往地中海朝聖的，幹嘛我們卻來到了印度？」靖樹坐在恆河旁邊納悶地說。

「那些都只是吃喝玩樂的無聊玩意，哪像我們的神祕心靈之旅這般精采啊。再怎麼說，印度也是個文明古國，要比歐洲大陸的歷史源遠流長得多啦。」無雙在旁不斷哄著她說。

靖樹並沒有被她的甜言打動，只白了她一眼回應說：「自從來到這裡的第一天起，我便一直又拉又吐的，每天都是吃 Chapati 拌洋蔥頭及鹽巴，如果能保住小命回去，已經算是萬幸了。」

「吐吐拉拉就是身體在排毒嘛，而且吃素還可以減肥呢。」無雙總是滿嘴歪理。

「衛生欠佳、食物難吃都不說了，重點是我們來了這個文明古國足足一個星期，卻什麼古蹟名勝都沒有去過。昨天妳更是一大早就把我拉到山上，我還以為可以看到什麼絕世風景，怎知道原來是看人體肢解！」

「什麼人體肢解啊，那可是著名的天葬儀式呢！能夠在這麼近的距離看到天葬，可是我的一大心願，這比去看什麼名勝風景都更有意義啊。」

無雙一邊說，靖樹一邊想起昨天所看到的情境。當她倆到達山頂高原時，已經有五、六具屍體橫躺在離她們不到十米的土地上，那片土地的顏色比其他地方要深一點，而且泥土帶點黏膩的感覺，那裡就是所謂的「天葬場」。所有死者身上都沒有穿着衣服，只是先用一塊白布簡單地包裹着。死者中有男有女，從老人到小孩，但是完全不知道他們的身分或姓名。

天葬師是一位壯健的短髮中年男人，看上去有點像僧人，又有點像屠夫。他掀開白布，出現了一絲不掛的屍體，他拿著鋒利的小刀朝死者身上砍了幾下，熟練地將屍體的骨肉切開剝離。由於屍體還是新鮮的，血水從軀體內的血管流出，並把泥土染濕了一大片。切割完畢後，天葬師在旁燒起一個火堆，一邊燃起烏黑的桑煙，一邊唸唸有詞在誦經。桑煙混雜著屍臭的氣味，隨風飄散，包圍著整個天葬場地。

沒多久，一群禿鷲像被召喚一樣，從天空遠處飛來，並聚集到屍體的上空。十幾二十隻的禿鷲圍著屍體瘋狂地啄食下去，一會兒便把屍體的肉與內臟全都吃得清光，只剩下一堆白色骨頭。禿鷲離開後，天葬師拿起一個長柄鎚子走向白骨，朝屍體的四肢及脊柱砸下去，脆弱的骨頭就這樣應聲碎裂。最後，天葬師對準頭蓋骨一錘子打下去，頭骨粉碎的同時，腦漿也四濺出來。腦漿混雜著血液慢慢滲進泥土裡。

那一瞬間，靖樹的頭顱像被天葬師同時砸碎了，她的腦袋頓時變成空白一片，就連所有的悲傷與害怕也徹底被褫奪。

當一切被掏空以後，她反而感到一份從未有過的平靜。她發現，原來生命並沒有什麼值得恐懼又或是可以執著的地方。因為當走到最後，不管你喜歡或不喜歡的，什麼都無法留下，什麼也無法帶走。所有人的結果，都會是一樣的。

突然間，她像是看見已經過世的爸爸、媽媽、爺爺及奶奶，他們就躺在那片深棕色的土地上，眼前的屍體痕跡極有可能就是他們，而她自己的將來，亦會是如此。

靖樹回過神來，有感而發地說，「看完天葬後，我好像對死亡有了一些不一樣的想法，但是，到底是怎麼的不一樣，一時三刻卻又說不上來。」

無雙點頭同意，「所以嘛，我今天才又特地帶妳來到這偉大的恆河河畔。」

聽到無雙的說話，靖樹突然有種不祥的預感。「難道，我們今天不是來遊遊河或吃吃東西的嗎？」靖樹一臉狐疑地問。

「遊河……什麼時候都可以遊啦。」無雙支吾以對。

「那，我們今天到底是來幹什麼的？」靖樹緊張地問。

「我坦白說，但妳不可以罵我喔。其實，我們今天是來看……火葬的。」無雙伸一伸舌頭，她知道靖樹會覺得她太瘋狂了。

「我的媽呀！原來我們是來看燒屍的！」靖樹驚訝地叫了起來。

「這可不是普通的燒屍！這是一種古老的度亡儀式，當地教徒會把遺體在岸邊火化，之後將骨灰撒入神聖的恆河，用以幫助死者擺脫生死輪迴，甚至獲得更好的來世。」

「看來妳就是要把我的畢業假期燒掉，然後撒入恆河裡去。」靖樹搖頭嘆息地說。

無雙裝做完全沒有聽懂靖樹的抱怨，她突然指著岸邊的石梯興奮地說，「有沒有看到那個疊得高高的木台？那就是恆河的焚屍台了，死者的遺體就躺在那堆木柴上等待焚燒。」

焚屍的工作一般由當地的賤民階層「首陀羅」負責，首陀羅會拿著一根粗棍子守在焚屍台旁邊，並不時用棍撥弄柴堆以控制火勢。由於屍體放在柴堆裡一直悶燒，空氣中不但充斥著濃濃的黑煙，還彌漫著一股令人想吐的烤腐肉味道。煙霧隨風飄向兩人所站的方向，兩人都感到了呼吸困難，煙味嗆鼻，眼睛刺痛得不其然地流下眼淚。但兩人都沒有把臉轉開或掩著口鼻，只盡量地調整呼吸，任由眼淚流下，以示對逝者的最後送別與尊重。

看完整個火葬儀式後，靖樹跟無雙都感到心情有點沉重，兩人並沒有即時說話，只肩並肩沿著河畔慢行散步。但當經過一間破舊的公寓大樓時，無雙突然停下了腳步。

「等一下啊。」無雙的語氣像是發現了什麼稀世奇珍一樣。

她獨自走近大樓，盯著樓梯旁掛著的一塊破舊招牌良久。只是，那大樓外表毫不起眼，而木造招牌上面只簡單寫著：「Nadi」。

「怎麼了？」靖樹好奇地問無雙。

「妳有沒有聽過古印度的納迪葉（Nadi）占卜術？」

靖樹搖搖頭。

無雙解釋說，「納迪葉占卜術可算是世界上極其神祕的一種算命術，發源地是在南印度坦米爾那都（Tamil Nadu）地區的瓦迪什瓦蘭村（Vaidheeshvaran Koil）。據說二、三千年前曾有一位印度超凡聖哲 Agathiyar，他能觀透所有人類的過去、現在和未來，他把他所遇見的人生都記錄在狹長的納迪葉上，並預言這些人將有一天回來尋找他們的葉子。他帶領數位聖哲，以特殊方法把一片片寫滿了坦米爾古文的納迪葉分類，並集結集成卷軸收藏在地下書庫裡。村落裡的幾位長老後來意外地發現了這批古卷，決定把這些寫著關於個人命運預言的納迪葉抄寫下來，並各自一代一代的傳承下去。」

「但這聽起來，納迪葉占卜跟其他的算命或占星很不一樣啊。」靖樹從未聽說過有這樣的占卜術。

「只要妳能找出自己所屬的那片葉子，占卜師便可透過解讀葉上的古文字，把你的整套人生劇本說出。而且不只是你的命運際遇，占卜師還可以說出你的死亡時間，甚至你家裡所有成員的生辰、姓名，又或是每個人的工作和婚姻，而且一切都說得準確無比。」

「能夠準確知道自己的將來，甚至是死亡？真的有這樣可能嗎？」靖樹也感到十分好奇。

「那得看妳是否相信命運是不可改變的既定事實，還是能以自由意志創造出來的各種未知可能了。」無雙認真地回答著。

「只是，大部分人都相信自己的人生劇本早被編寫好了，不管願意與否，也是注定要照著劇本走的。所以如果能有機會窺探到未來，便可找到生命的出口或解決之道，從而扭轉命運。」

「這就是為什麼大家都不願意好好努力工作，反而爭著把錢捧給那些算命的神棍啊。」無雙翻翻白眼不屑地說。

「等一下！」靖樹突然感覺到哪裡有不對勁。「妳不是一直最不相信這些怪力亂神的東西嗎？為什麼突然對此大感興趣？」

無雙自小就對靈異事件十分著迷，特別是那些解釋不了的非自然現象，如通靈、撞邪、見鬼、特異能力之類的事件。她一直都是以超心理或靈異現象作為研究目標，並擅長以心理學知識及科學手法破解靈異事件，所以大家都笑稱她為「科學神婆」。

無雙知道靖樹在擔心些什麼。「我當然不是要去找麻煩啦。我只是想去看個究竟，單純地滿足我的好奇心而已。」

靖樹眯細眼看著無雙，不太相信她的話。

「我可是本著研究的精神、發掘真相的使命啊。而且這裡又不是我的地盤，我有再大的膽量，也不會亂來的。」無雙要靖樹放心。

靖樹就是因為太了解無雙的個性了，才想要趕快把無雙拉走。「我們還是不要去吧！反正所謂的占卜，大多數都只是騙人的技倆。」

「就算是騙人，我也想去研究研究他們的把戲嘛。我只有在史籍上讀過這種古老的占卜術，真的很想親身了解一下啊。而且據說全印度就只有十八位納迪葉占卜師，要是能給我們碰上一位真正的占卜師，那可真是千載難逢的機會啊。」此刻，無雙的眼神像變成了一隻神勇的獵犬，一旦盯上了可口的獵物，就死也不肯放過。

靖樹原以為這會是一個休閒浪漫的畢業旅行，但最後竟變成了一趟驚險的探奇之旅。她忽然覺得，或許這也是命中註定的事情，說不定遠古的聖哲早就把這一幕記錄在納迪葉上。

二人走上狹窄的樓梯。占卜室位於大樓二樓的一個單位內，大門跟一般的住家沒有太大分別，只在門樑上掛有一幅醒目的印度象鼻神畫像，門把上也纏著一條七色彩帶。

無雙輕輕敲門。前來應門的是一位身型瘦削的印度青年，他的樣貌俊朗，看上去只有十八、九歲。印度青年是占卜師的貼身學徒，從小便跟著占卜師長大與學藝。一般會來看占卜的，全都只是城裡的當地人，又或是來自本國的各地信眾，青年根本從未接待過異國人士。所以當他看見門外兩位年輕貌美的東方女生時，整個人都呆住了，一時間不知道應該開口說什麼。

「我們是想來看占卜的。」無雙先以一連串簡單的英語單字跟青年道明來意。

但沒想到印度青年竟能以一口流利的英語回答無雙。「不好意思，我們的客人一般都是提前預約好的，因為必須先找到客人所屬類別的葉子，**Guru** 才能決定會否接見妳們。」青年禮貌地婉拒了兩人的請求。

「我們是專程遠道而來的，並不知道占卜的規矩，能破例通融一次嗎？」無雙哀求地說。

「對不起，如果沒有確定你們的葉子存在，**Guru** 是無法進行占卜的。」青年面有難色地說。

「說不定我們的葉子就在 **Guru** 那裡，所以我們才會被吸引到來。請你幫幫忙好嗎？」無雙雙手合十，擺出一副很誠心誠意的樣子。

青年面對兩位漂亮的女生也只能收起強硬的態度，他還是心軟地說，「這樣吧，我只能向 **Guru** 說明及請示，請妳們先進來等候。」青年邀請她倆進屋坐下。

青年請兩人坐下後，便轉身走向左面盡頭的房間，他輕輕敲門入內，並向占卜師說明了情況。

無雙一坐下來便好奇地四處打量，占卜師的房子有點像間簡陋的診所，等候區裡整齊地放了三排長木椅子，大概可容納八、九人，門旁放有一張小木枱，應該就是青年替客人登記資料的服務台。

青年很快便從房間走出來。「Guru 說只能為你們其中一人看占卜。」

「那就讓無雙看吧，我沒關係的。」靖樹馬上說。

「Guru 的意思是，妳們當中只有一人的葉子在這裡，所以要看那人到底是誰。」青年補充說著。

「哪個人是誰啊？」無雙心急地追問著。

「兩位不用急，結果很快便會知道。」青年露出亮麗雪白的牙齒笑了笑。「請妳們先跟我過來。」

青年把兩人帶到門旁的小木枱，並從抽屜裡拿出朱砂印台及白色草紙。「可否請你們先把左手大姆指的指紋壓印給我？」

「這個是用來幹什麼的？」無雙忽然起了一點戒心。

「這是要用來尋找妳們所屬葉子的一個重要步驟。」青年回答著。

「為什麼憑姆指指紋就能找出一個人的葉子？」無雙感到半信半疑，擔心指紋會被套用去做不法用途。

「看來妳們對納迪葉占卜的事情並不太清楚。簡單來說，人的指紋就像是一種特殊的身分印記，記錄了靈魂所屬的時間、地域與人種。」

「這就像是靈魂的出生證明書嗎？」無雙還是聽得有點一頭霧水。

「這是用來尋找靈魂的所屬部落。或者，妳們可以把指紋想成是一座房子的標記，並把這標記劃分成上中下三個不同部分，上面的屋頂代表靈魂在世間出現的時間，中間的窗戶代表靈魂所出沒的地域，而最下的門口則是靈魂所屬的部族。如果你們仔細對比，就會發現指紋並不是隨機或無意義的東西，而是一種系統性的特殊印記。」青年耐心地解釋說。

「所以只要憑房子模樣的標記，就能解讀到靈魂的部落資料？」無雙確認似地問著。

「房子的屋頂可以蓋成不同形狀，有方的、圓的，或是尖頂的；房子的窗戶可能存有不同數目，甚至是大門也可朝向不同的方位。」青年繼續以比喻方式說明。

「所以不同的樣式組合，就代表了靈魂出現在人世的時間、地點及種族？」靖樹問道。

「這位小姐很聰明，」青年點頭表示靖樹的理解正確，「但這只是第一步。如果Guru擁有妳所屬靈魂部落的葉子，那代表妳來對了解讀的地方。之後Guru還要問妳一些個人問題，妳只需要回答『對』或『否』，如果所有問題的答案全都是『對』的，那則意味解讀的時間也對上了。只有配合上述兩個條件，解讀才能進行，這就是所謂的因緣俱足。」

於是，靖樹跟無雙依按青年指示，把大姆指指紋用力壓印在草紙上。

「妳們先等一下，我需要一些時間進行校對核查，才能確定妳們的靈魂部落印記。」說畢，青年便拿著兩人的指紋獨自走進了右面盡頭的另一個房間。

靖樹跟無雙在外等待，其間兩個人都沒有說話，只在想著同一個問題：人真的有靈魂嗎？

大概過了三十分鐘，青年從房間開門走出來，手上拿著一綑像中國古時竹簡般的納迪葉卷軸。

「很抱歉，我只找到靖樹小姐的所屬印記。」

「我的？」靖樹變得有點緊張起來，她從來沒找過算命占卜，也沒想過要知道什麼前世今生或命運預言。

「只有靖樹的嗎？要不要再找清楚啊。」無雙一臉失望地說。

「那算了吧，等下一次我們兩人的葉子都在時，再一起看好了。」靖樹提議著說，她並不想要破解什麼身世之謎，她急忙拉著無雙想要離開。

就在青年打開大門讓兩人離開之際，左面盡頭房間的門也突然打開了。

「請等一等。」一把帶點沙啞的老人聲音，從後把兩人叫住。

第五章 如果有神

逸辰

也許，這就是人需要神的原因，在感到極度害怕或絕望時，至少有誰可以祈請，還有誰能給予一線希望。

第二天早上，逸辰如常地回到急診室，他坐下還不到十分鐘，胖護士便匆忙敲門進來。「逸辰醫生，救護車剛送來一位老伯，他在餐廳突然暈倒，失去知覺，現在正在二號房接受另一位實習醫生的檢查。因為老伯的情況有點複雜，其他急診科醫生，都在忙著搶救病人，所以護士長想請你也過去幫忙一下。」

「明白了，我馬上過去。」逸辰立刻起身跟著胖護士走去二號房。

逸辰拉開布幕，看見一位老伯躺在床上，面色蒼白、手足冰冷，已經陷入半昏迷狀態。另一位實習醫生秦天，正在床沿替老伯檢查，一時間還沒診斷出問題所在。

護士長焦急地對秦天說：「老伯的血壓正開始下降。上、下壓：八十／六十。」

「老伯不像是食物中毒，也沒有腦中風的跡象。」秦天像是喃喃自語般地嘟囔著。「有可能是急性心肌梗塞，但心電圖卻沒顯示異常……」老伯相互矛盾的生理指標，讓經驗不足的秦天顯得有點慌亂。

逸辰一語不發地脫下眼鏡，開始仔細觀察著老伯的身體。

「秦天，能讓我幫忙檢查一下嗎？」逸辰拍拍秦天的肩膀。

「逸辰，你來得正好！老伯的情況有點奇怪。」秦天像看到救星一樣。秦天跟逸辰是同期的醫科畢業生。在醫學院裡，逸辰是出名的高材生，每次的診斷考試他都是拿滿分。傳言說逸辰的診斷能力可能比學院裡的教授都更厲害。

逸辰拉開老伯的眼瞼，檢查他的眼球，用手敲打他的腹部，再把臉湊近他的嘴巴。「老伯眼白有黃疸跡象，腹部有硬塊及水腫，而且呼吸帶有泥土味，他應該是肝癌或肝硬化病人。他的肝細胞可能已嚴重受損，令肝功能降低至臨界點以下，使得代謝功能嚴重不足。」

「救護員說老伯之前在餐廳進食了大量海鮮，很有可能是因為攝取了過量的蛋白質，而導致急性肝中毒。」秦天點頭表示認同逸辰的判斷。

「護士長，檢查一下老伯的血氨指數。」逸辰很快地下了指示。

血氨是蛋白質代謝產物，經過肝臟代謝形成尿素，再從尿液排出。但是當肝功能受損時，肝臟清除血氨的能力也會隨之下降，當血氨升至過高水平，便可以引發肝昏迷。如果病人不幸出現肝昏迷現象，其死亡率將接近九十％。

「老伯的血氨數值嚴重超標，達到一八〇！」護士長急忙報告結果。

「一八〇！怎會這麼高的？」秦天十分驚訝地問道。

「因為老伯患有末期肝癌。」逸辰說。

「末期肝癌？你是怎麼知道的？」秦天一臉不可置信的樣子。

「現在沒時間解釋這麼多了。他的體內已經累積了過高的毒素，而且毒素可能已經進入腦部，抑制了腦功能運作，而導致肝腦病變。」逸辰簡短地解釋著。

這時，胖護士拿著報告跑了進來。「逸辰醫生說得沒錯，我們剛剛找到了老伯在腫瘤科的醫療紀錄。」

「盡快通知肝臟科醫生，我們處理不了他的狀況。」逸辰轉身對胖護士說。

突然，維生儀器響起了長鳴的警號「嘟……」。護士長緊張地喊道：「老伯血壓急降，呼吸及心跳停止。」

「快搶救病人，先恢復心跳！」逸辰一面替老伯進行胸部按壓與人工呼吸，一面對秦天說：「秦天，馬上注射強心針，準備體外電擊、心臟去顫。」

但是，經過了一輪心肺復甦，老伯依然沒有生命跡象。秦天拿起電板，指示各人離開病床。逸辰也停止按壓，退到一旁。

「準備心臟電，200J，Clear！」

就在秦天要電擊前的一刹那，逸辰一個箭步抓住了秦天的手腕：「等一等！不能電擊！」

「怎……怎麼了？」秦天被嚇了一跳。

逸辰在做心臟按壓時，察覺到老伯一直緊握著右拳，但左手卻是完全鬆開來的，所以一時間感覺有些不對勁。他急忙抓起老伯緊握著的右拳，把老伯的手指逐一翻開，竟從裡頭取出一條銀色頸鏈。

「現在可以電擊了。」逸辰馬上退開。

第一次電擊後，老伯並沒任何反應。

「250J，Clear！」

「300J，Clear！」秦天繼續搶救。

這次終於有反應了。老伯的心跳再度在顯示屏上呈現跳動曲線，只是他的性命依舊危在旦夕。

「我們先替老伯進行血液透析，清除血液中的過量毒素及代謝物，希望可以及時恢復肝腦的功能運作，為老伯爭取多一點時間。」

「需要等急診科或肝臟科主任到來再決定嗎？如果稍有差池，後果可是非常嚴重……」秦天猶豫著說。

「已經沒有時間再等了！老伯的心跳隨時會再度停止的。」逸辰堅持必須馬上進行血液透析。

「護士長先準備血液透析儀器。」

「我知道了。」護士長也同意逸辰的決定。

正當逸辰替老伯的皮膚消毒，準備刺穿靜脈血管時，肝臟科主任突然衝進了治療室。

科主任急忙的問：「病人的情況怎麼樣？恢復心跳了嗎？」

秦天向科主任報告了病人的狀況。科主任快速覆檢後，立即給予指示：「快替病人進行緊急血液透析治療。」

「科主任，儀器已經準備好了，可以馬上進行透析。」護士長把儀器推到床沿。

科主任接好迴路管開始血液導引。經過一輪透析治療後，老伯的各項維生指數逐漸隱定下來，算是暫時脫離了生命危險。

「把老伯送上肝臟科，當值醫生會接手處理的。」科主任指示護士長。

在病人被送離開急診室後，科主任把秦天與逸辰叫到一旁。「剛才是誰負責老伯個案的？」

兩人互望一眼，並沒有即時回答。

「你們不用擔心，我並不是在責怪你們。相反的，能在這麼短時間做出正確診斷與治療決定，是一件十分困難的事情。」科主任難以相信實習醫生竟然會有這樣的實力。

「雖然老伯是我負責的病人，但其實都是靠逸辰才能查出病因的。」秦天如實地說出情況。

「不能說都是誰的功勞，全都是大家一起努力才能把老伯救回來的。」逸辰也如實把想法說出。

「逸辰？我好像在醫學院聽說過你的名字，大家都說你擁有超凡的診斷能力。看來傳聞也許是真的。」科主任以奇異的目光看著逸辰。

「沒有這樣的事情，我也只是碰巧對上症狀而已。」逸辰謙虛地回答著。

之後，逸辰跟秦天一同沿著走廊離開急診室。

「逸辰，謝謝你！如果剛才沒有你在，後果真是不堪設想。」秦天一臉又是抱歉，又是感激。對一位實習醫生來說，如果犯下任何醫療失誤，都將會成為職業生涯的致命打擊。

「大家都只是為了救人，沒有什麼好謝的。」逸辰回應。

「但是，有一點我不明白，肝腦病變是很複雜的病症，你卻好像只看了一眼便看出來，這根本是不可能的事情嘛。」秦天狐疑地望著逸辰。

逸辰用手托一托眼鏡。「剛才我不是跟科主任解釋了嗎，我只是碰巧猜中而已。」

「猜中的？」秦天並不相信。「大家都說你擁有特異的斷診能力啊！是否真有其事？你就說來聽聽嘛。」

「如果我真的有那種能力，就不用每晚熬夜讀書了。」逸辰回答。

「但是我曾在一些介紹人類特異功能的書籍上讀過，世界上確實有這種特殊能力的人啊！如果是真的，那會是多麼地讓人羨慕呢。」

「你所羨慕的，就是不用努力，卻能考到好成績吧。」逸辰揭穿了秦天的內心想法。

「哈哈，我不否認這是我一部分的想法啊，不然唸這個醫科也太辛苦了吧！」秦天直認不諱。

「但是作為一個醫生，我也真的希望能夠擁有這樣的天賦啊，那我就不致於陷入像剛才的窘境了。」秦天語氣帶點難堪地說。

逸辰並沒有安慰他，反而虧他說，「如果你希望擁有這樣的能力，那就認真一點進修吧。你好像出去泡妞的時間比讀書時間還要多呢。」

「那只是我的減壓方式啦！怎麼說生活也要平衡一下嘛。」秦天厚著臉皮回應。

逸辰忽然間表情嚴肅了起來，認真地看著秦天，像是有感而發地說，「如果一個醫生只能看見疾病，卻不能把病人治好，那將是多麼痛苦不堪的事情。」

秦天聽到這話，也認真地想了一想，「聽你這麼說，那倒是真的。如果無法解決問題，寧願不要知道問題在哪會更好一些。」秦天回應說。

兩人回到休息室後，秦天馬上把話題一轉。「下班後要不要去喝一杯？我知道有個地方很受年輕女護士歡迎的。我請客，怎麼樣？」

「下班後我倒是想去喝一杯，不過是喝咖啡，而不是喝酒。」逸辰笑笑著婉拒了秦天的邀請。

離開醫院後，逸辰又走去了老頭咖啡店，一樣點了昨天喝過的耶加雪菲。

在等待老頭製作咖啡的時段，他開始思考著，醫院、噩夢中的白衣少年、自己，這三者之間，是否有著什麼樣的關聯。

老頭為逸辰送上熱騰騰的手沖咖啡。逸辰急不及待地喝了一口後，又以手指用力地按一下太陽穴。

「你還在做噩夢嗎？」老頭忍不住問逸辰。

「因為噩夢最近出現得比較頻繁，所以我已經分不清到底是什麼時候做過那個夢了。」逸辰無奈地回答說。

「那個夢，對你有什麼特別意義嗎？」

「雖然我已經看了好幾本書，但是我還是找不到一個有效方法，去解讀那個夢境。」

「解夢是一件很困難的事情嗎？」老頭其實對於夢這東西，沒有太多概念。

逸辰從這些書本上得出一個大致的結論，就是：夢境是人類內心最誠實的一面鏡子，是絕對不可能無中生有或欺騙說謊的。精神分析大師佛洛依德曾經說過，夢是通往潛意識的大道。只要能解讀夢境，就能窺探到內心所感、所渴求或所抑壓懼怕的東西。人從成長過程中累積到的生活經驗，全都會烙印在潛意識裡，並透過夢境如實地投射出來。只是，夢境不可以從外表解讀，當中的人事物都只不過是象徵意義而已。

逸辰嘗試簡單地向老頭做說明，「同一個夢境，可以有千百種不同的解釋，對不同人、在不同時候，可以有不一樣的象徵意義。再加上做夢時，人的情感有所不同，所產生出的夢境含義也會跟隨改變。」

只是，他的簡單答案對老頭來說，卻是一點也不簡單。「你可以跟我說說看，那到底是怎樣的一個噩夢嗎？」

「自從我開始在醫院的實習後，我經常反覆做著一個跟死亡有關的噩夢，但是夢裡的主角並不是我，而是別人。」逸辰娓娓說著，「而且那是一個素未謀面的陌生少年。」

「反覆地夢見一個陌生少年的死亡。這樣聽起來，很像是偵探小說裡的情節啊。」雖然老頭從未認真地看過一本偵探小說。

「整個夢的過程，的確有點像偵探小說。所以，我現在想要做的就是：試著先查出那少年的身分，以及找出他和我之間的關聯。」

「那你有什麼線索嗎？」

「說出來你別嚇到，他有可能是我所實習的這家醫院裡的鬼魂。聽說是一個在十二年前從醫院跳樓自殺而死的少年。」不知為何，逸辰直覺地認為，胖護士所說的鬧鬼傳聞，極有可能就是他夢見，以及那天看見的白衣少年。

「為什麼你會這樣認為啊？」老頭不明所以。

之所以會讓逸辰有這樣的聯想，或許是因為，在十二年前，他也曾待過這所醫院。而且，同樣也是面臨到生死交接的危急時刻。於是，他把過去的溺水意外與大病經歷一一地告訴老頭……

在他十二歲那一年，逸辰在游泳池遇上一場險些奪命的意外。意外當日，是一個陽光燦爛的星期天，爸媽一早便帶著他與弟弟到住家附近的游泳池戲水。逸辰自小就是一個非常獨立的小孩，他天生聰穎，記性又好，無論學什麼都比同齡孩子要來得快。相比起他，逸辰的弟弟自小體弱多病，膽子又小，因此，爸媽的注意力一向都是落在弟弟身上。

逸辰原本是獨自一人在池邊練習，他看見爸爸在泳池對岸的不遠處，就大膽地游過去。但是，沒想到氣力卻消耗得比預期快，他的小腿因為過度運動，而出現輕微抽筋。

起初他以為這只是小事，想要靠著意志力硬撐過去。可是，小腿肌肉卻不聽話地變得越來越繃緊，甚至痛到無法動彈。此時的逸辰感到十分驚慌，他想要呼救，只是水已經淹過了嘴巴。嗆水導致喉部出現痙攣，空氣因呼吸道變窄受阻而完全進不了肺部。一般人都以為溺水者通常可以大喊大叫呼救，事實上，溺水者因為水進入了肺部，連呼吸都很困難，更別說要大聲呼喊了。逸辰的嘴巴在水中載浮載沉，根本沒有足夠時間呼吸或者呼救。他雖然想要揮手求救，卻為了不讓自己繼續往下沉，他的雙臂必須不斷地向下划水，好讓頭部與嘴巴能浮出水面。

慢慢地，他的身體逐漸變得垂直，像一具正在上下漂浮的浮標。他的嘴巴半開半閉，眼睛早就失去焦點，什麼也看不見。他苦苦掙扎了一、兩分鐘後，身體便止不住地開始往下沉去。就在他快要沒頂窒息的那一刻，一名救生員察覺了異樣，飛快跳入水裡，游到他身後，並將他從水下拉上來了。

救生員突如其來的舉動，也引起了所有人的注意。這時逸辰的爸媽才發現兒子遇溺了。救生員第一時間趕緊把逸辰抱出水面，檢查他的呼吸及心跳。被救上岸的逸辰眼神已經渙散失焦，毫無反應，並且已經停止了呼吸。救生員馬上脫去上衣，用衣服裹着手指，將逸辰的舌頭拉出口外，以保持呼吸道通暢。救生員接著抱起逸辰，將他的腰腹橫放在自己膝上，背朝向天、頭向下垂，再用手掌拍打他的背部進行倒水。時間已經過了急救的黃金三十秒，逸辰依然沒有反應、呼吸停止，心臟更突然停止跳動。這時，救生員唯有再把他翻轉橫躺在地上，準備施行心肺復甦術及人工呼吸，這已經是最後的搶救方法了。

逸辰媽媽看到兒子被搶救的畫面，情緒開始失控，在旁邊不停地呼喊他的名字。「逸辰！逸辰！

你快點醒來！快醒過來啊！」

救生員一手捏住逸辰的鼻子，另一手托住他的下頜，深吸一口氣後，再往他的嘴裡輸氣。逸辰的胸腔再度擴張起來。接著將右手掌平放在他的胸骨下段，左手掌交疊在上，進行胸外心臟按摩。

媽媽在旁邊哀號：「求求你！一定要救醒他！一定要救醒他！救醒他……」

此時，原本昏迷不醒的逸辰，居然聽到了媽媽的呼喊，他像從熟睡中突然被喚醒一樣，從氣管深處猛地吐出一大口水，那聲音像打嗝一樣響亮。在劇烈咳嗽過後，逸辰總算能重新自行呼吸。逸辰媽媽被嚇得半死，趕緊把兒子抱入懷中，深怕自己一鬆手，就會再度失去他似的。

在游泳池畔短暫休息過後，逸辰的身體再次恢復過來，由於認為自己已經能說話、能走路，所以他拒絕了去醫院作詳細檢查。爸媽也只好依著他，先帶他回家好好休息。在回家的路上，一家人又是有說有笑，對於剛才發生的意外誰也不想提起，大家都想盡快忘記這宗恐怖的意外事件。

回到家後，逸辰趕緊去洗了一個熱水澡，還吃了媽媽特別為他準備的蛋沙拉三文治。接著，他突然間感覺很累，全身氣力都像花光了一樣，回到房間便馬上倒頭大睡。這一次，他睡得特別深、特別沉，就連一個夢也沒有做。只是事情並沒有這樣結束，這一場昏睡才是走向死亡的真正開始。

死神沒有這麼輕易放過他，而是悄悄地伸手握緊他的脖子，一點一滴地切斷氧氣的供應。逸辰的呼吸開始放慢了，心臟的顫動也越來越無力。只要再多十分鐘，逸辰的死亡過程便順利完成。

當時逸辰媽媽獨自一個人在廚房收拾午餐用過的餐具，雖然知道逸辰此時正在房裡安穩地睡覺，但是剛剛險些失去寶貝兒子的可怕經歷，讓她的心情卻始終無法真正平靜下來。媽媽一邊洗著碗，不知為何，一邊越發心神不寧，總覺得還有什麼不好的事情將要發生似的。她稍不留神，手一滑，一只杯子摔落到地上去了，發出「噼啪！」的一聲脆響，杯身摔破成一地碎片。她突然發現那是逸辰最喜愛的杯子，心裡馬上泛起一陣不祥的感覺。

也許是至親之間獨有的心靈感應，也許是因為摔碎杯子的不祥之兆，逸辰媽媽意識到兒子好像即將發生危險，她立刻趕到逸辰房間查看，只看見逸辰一動不動地安睡在床上。她稍稍放下心來，走近床沿，想幫兒子把被蓋好，此時才看到兒子的臉上有些什麼不對勁。逸辰稚嫩的臉龐不但已經腫脹起來，而且臉色異常蒼白，嘴角兩邊還滲出了淺粉紅色沫液。他氣若游絲，脈搏緩慢微弱，幾乎快要摸不到心跳。媽媽感覺大事不妙，馬上用力搖醒兒子。「逸辰！逸辰！快醒過來！」不管她怎樣大聲叫喚，兒子卻一點反應也沒有，像是陷入了昏迷狀態。

「爸爸！趕快過來！逸辰出事了！」媽媽轉身對著房門外大喊著。

爸爸聽到媽媽的呼喊聲，立刻衝進房間，爸爸看見逸辰的狀況，馬上打電話召喚救護車。為了爭取救援時間，爸爸索性把逸辰抱起，背著他走到大樓旁邊的馬路等候救護車到來。爸媽焦急地如熱鍋上的螞蟻，每一秒的等待，都像一小時般漫長。

逸辰媽媽唯一能做的，就只有不斷向神禱告，祈求再有一次奇蹟出現。也許，這就是人需要神的原因，在感到極度害怕或絕望時，至少有誰可以祈請，還有誰能給予一線希望。

第六章

死亡印記

靖樹

人生本來就是一場又一場的選擇，最難的不是作出決定的瞬間，而是如何好好留在選擇裡。

一名包著白色頭巾、滿臉灰白鬍子的印度老人，步履蹣跚的從房裡走出來。

青年看見 Guru，表情先是一呆，因為不管是什麼達官貴人到訪，Guru 也從不出來接見客人的。

青年馬上雙手合十向 Guru 點頭行禮，然後跑去攙扶 Guru 到大廳的長木椅上坐下。

「這位就是我們的 Guru。」青年向靖樹及無雙介紹。

靖樹及無雙學青年一樣，雙手合十地向著老人點頭，以表示尊重。

Guru 用手示意著靖樹及無雙一同過來坐下。

Guru 接過青年手上的納迪葉卷軸，看了一看上面的古文字。他以奇異的目光對著卷軸說，「已經很久沒看過這個古老的靈魂部落了。」Guru 的語氣就像是有朋自遠方來一樣親切。

Guru 繼續說著，「他們的每一個轉世都過著非凡的人生。」

「非凡的人生？」靖樹忍不住好奇的問。

「非凡的意義，並帶著非凡的困難考驗。」Guru 笑笑回應。「這不是好，也不是壞。就如你們中國的一句古語：天將降大任於斯人也，必先苦其心志，勞其筋骨，餓其體膚，空乏其身，行拂亂其所為，所以動心忍性，曾益其所不能。」Guru 竟對中國文化也有深入的研究。

「啊，這好像是誰說的，是孔子還是老子？」無雙努力在回想著。「反正就是什麼子啦。」

靖樹輕撞一下無雙的手臂，「是孟子先生說的。」她無奈的臉上掛著三條線。

「因為他們都是遠古的靈魂，所以通常也選擇在歷史悠久的地方出生。」Guru 說。

「Guru，這個卷軸是屬於這位靖樹小姐的，她的葉子就在裡頭。」青年向 Guru 說明。

「既然來了，為什麼又要急著離去？因為你在猶豫要不要進行解讀嗎？」Guru 像是一眼就能看出靖樹在想什麼似的。

靖樹也坦白地點頭承認。

「人生本來就是一場又一場的選擇，最難的不是作出決定的瞬間，而是如何好好留在選擇裡。」Guru 話中有話地說著。

「但是不同的選擇是否真的會帶來不同的最終結局？」靖樹好奇地問。

「不同的選擇也許會引領人到不同的路徑，看到不同的風景，但是目的地其實都是相同的。不管如何選擇，人終究無法走出既定好的命運藍圖。就像沒有了劇本，戲就演不下去了。」

「但人們會想要來占卜，不就是想要趨吉避凶嗎？一旦知道了未來，不就等於可以改變命運了嗎？」無雙不解地問。

「人生的經歷，本質在於學習，根本沒有好壞或福禍之分。即使讓你知道前面路上有個坑洞，被你及時選擇別的路徑避開了，但最終的結果是一樣的，如果命運藍圖中，註定了你必會經歷摔倒的情節。」Guru 回答。

「雖然當下的命運看似被更改了，但實際上只是枉走了一段路，他日還是會遇到別的洞，還是會摔下去的。」靖樹理解 Guru 的意思。

Guru 點頭同意。「因為你必須經歷摔倒，才會學懂偵察路面情況，才能獲得跌倒再重新站起的力量。那才是真正改變命運的方法。」

「我明白了。占卜的真正意義是讓人了解，並學習人生的課題，而不是預知未來或趨吉避凶。」靖樹安靜地想了一想，然後說：「不過，我還是選擇不要看葉子。」

「難道你對未來不會感到好奇嗎？」無雙問她。

「當然很好奇啊。但是如果我知道了一切，我對未來就不會再有期待，不會再有驚喜，就像是這次旅行一樣啊。我想對自己的未來保有神祕感，才能擁有探索的樂趣。」靖樹笑笑地說。

「這點倒是真的。」無雙覺得靖樹所言不無道理。

「你的靈魂部落，原本就是一個愛冒險的族群。」Guru 對於靖樹的選擇，並不感到意外。

「不過，我倒是很想知道自己的人生課題所在。」靖樹說。

Guru 出神地看著靖樹的眼睛良久，像是能從她的眼睛深處看出什麼似的。「我從妳身上看到一股濃烈的死亡氣息，我相信妳的親人們都已經不在世上了，而妳，亦將在兩年之後跟死亡相遇，因為你的課題都在死亡之中。」

無雙聽到 Guru 的話，突然感覺心裡一陣涼意。靖樹的家族就像被死神所詛咒了一樣，自她小時候起，親人便一個接一個的不幸死去。沒想到，現在 Guru 更預言，靖樹的死期將在兩年後出現。

然而，靖樹聽到這話後，卻表現得出奇地平靜。「如果說我的課題在死亡之中，這倒是很合理的事情，因到目前為止，我的人生確實充滿了死亡的印記。」

無雙緊張地問：「那麼是說，靖樹會在兩年後碰上什麼意外或重病嗎？」

「我只是說她將會跟死亡相遇。如果想要詳細知道所發生的事情，就需要查看她的納迪葉子。」

「那我們還是去看一看你葉子上的紀錄吧。」無雙催促著靖樹。

靖樹搖搖頭說，「沒用的，即使看了也不能改變什麼，這就是所謂的命中註定。就像我們今天是註定要來到這裡一樣。」

無雙開始有點後悔硬把靖樹拉上來看占卜了。「這可是關乎生死的事情啊。如果能夠預先知道問題所在，說不定能做點什麼補救呢。」

「死亡，也許跟妳們想像的並不一樣。」Guru 忽然說出這句話。

「死亡不就是指生命完結的意思嗎？」無雙不解地問。

「有時候，也許只有通過死亡，才能回到本源，並且走出既定的命運格局。」Guru 用手指在空氣中畫出一個大圓環。

靖樹看著 Guru 的動作，從中感悟到什麼似的。「就像是一道旋轉門，必須先行離開才能再次進入。」她回應著說。

「你們看過遊樂場裡的迴旋木馬嗎？木馬重複來來回回，高高低低地走了一圈又一圈，從起點出發，再次回到原點。雖然表面上看來，只是不斷地重複來回，在原地打轉，哪裡也去不了。實際上，在每次的來與回之間，卻已經有些不同了。」Guru 意味深長地說著。

「你們到底在說什麼啊？」無雙越聽越糊塗了。

「妳還不明白嗎，其實只要我沒有打開記錄著未來的納迪葉子，那命運預言就不可能成為預言，一切將保持在未知的狀態，而預言也變成了萬千個可能性啊。」靖樹嘗試解釋她不看葉子的理由。

「如果因為好奇心而看了，反而會把預言變成真實，間接地將未來定形了嗎？」無雙突然覺得這道理好像是對的，同時間卻又難以成立或證明。她像是突然想起什麼似的說：「這個東西不就是……」

「悖論。」靖樹替她回答。

悖論就是她倆第一次見面時，心理系主任在課堂講述的東西。兩人同時想起當時情景，不禁相視而笑。

「好吧~雖然不知 Guru 所言是真是假，但是反正人都是要死一次的。管它呢！」無雙也不再堅持要讓靖樹去看葉子上的紀錄，她尊重靖樹的決定。

「我想我已經知道，我需要知道的東西了。非常謝謝您。」靖樹雙手合十向 Guru 道謝。

隨著時間過去，靖樹在忙碌的生活中，也漸漸忘記了那年在印度發生的奇異經歷。直到今天，此刻。在卡夫卡死囚室裡呆望著黑洞的靖樹，忽然憶起了這段往事。雖然想到了自己或許已經死亡的可能性，她卻沒有感到一絲恐懼。奇怪的是，此時的她反而有一種說不出的衝動，想要走進面前那個能夠吸納一切的黑洞，她想要走向死亡的深處去探看究竟，即使知道自己可能因此永遠消失。她對「死亡」這一件事的好奇，遠遠超越了應有的恐懼。或許就如佛洛伊德曾說過的：「死亡跟生存其實都是人的本能，每個人或多或少都帶有自毀的傾向。」

靖樹索性大膽地把手伸進黑洞，手掌及前臂部分像頓時消失了一樣。雖然手的形狀邊界還在，但肌肉與骨骼的質感卻不見了，感覺像是與黑暗奇妙地融合在一起。正當她打算跨步進去的一剎那，突然聽到身後傳來一個熟悉的聲音。

「靖樹！靖樹！」有誰在後面大聲呼喊著她的名字。

「妳不可以踏進那黑洞！妳的時間還沒到來，趕快回去！」

沒錯！那是爺爺的聲音啊！。她趕快轉身回頭一看，但走廊裡卻是空無一人。

此時，爺爺的聲音在虛空中再一次響起：「快看看時間！口試快要開始了。」

時間？現在到底是什麼時候了？她馬上看一下手上的腕錶，手錶指針顯示在十時五十分的位置。十時五十分！這不就是剛才過馬路的時間嗎？正是意外發生時的那一刻……突然間，眼前的景象逐漸瓦解融化，就連她也一拼被分解了。

等到光線再次出現眼前，她只看見紅色的計程車就停在面前。城市的喧嘩聲再次在耳邊響起，汽車引擎空轉的聲音夾雜著人的喧鬧，空氣中汽油及灰塵的刺鼻味道也回來了。靖樹馬上再次查看手錶，時間依舊是十時五十分。世界上到底有多少個十時五十分同時存在？又有多少個自己，同時存在於十時五十分裡？

有一點可以肯定的是，就是她的身體根本沒有離開過這馬路，剛才離開現場的，很可能是她的靈魂。她剛剛經歷了一次靈魂離體。

「妳還賴在地上幹嘛？妳還不趕快起來！我的車子根本沒有撞倒妳啊。妳到底是腦袋有問題，或是耳朵有問題？還是兩樣都有問題？」禿頭司機之所以這麼喋喋不休地嚷著，只是想要證明意外跟自己無關，事故的責任並不在他。因為他相信，保護自己的最好方法，就是搶先攻擊別人。

當下的靖樹，對於司機的話一點反應也沒有。事情發生得太突然，一切亦變化地得太快，她感到十分混亂，無法肯定究竟是時空錯亂了，或是自己的精神出現錯亂，她分不清哪個是真實、哪個才是幻象。

呆坐了幾秒後，她嘗試移動雙腳，撐起手肘，活動一下手指關節，身體的一切反應都是正常的。只有左膝的皮膚破損了一點，滲出了少量鮮血。她用手拍按住傷口，清晰地感受到尖銳的刺痛。沒錯，此時此地的她，才是真實的，因為痛楚是活著的最好證明。

靖樹用手掌慢慢撐起身體，禮貌地向禿頭司機道歉賠過不是。禿頭司機摸一摸自己光滑的頭顱，看見少女身體並沒有大礙，想了一下還是決定趕快開車駛離現場。而本來駐足圍觀的路人們，也像是剛看完一場電影、懶得理會片尾幕後製作名單的觀眾一樣，迅速地退散而去。這個情境說明了一個事實，如果沒有共同的利益或興趣，人們是不會群聚在一起的。街道很快回復到意外前的冷漠與繁忙，彷彿什麼事也沒發生過一樣。

靖樹稍稍回過神，記起剛才爺爺說的話，畢業口試十分鐘後便要開始了。她趕緊朝大學東門走去，經過石牌坊到達連接本部的電梯大堂。這時的電梯大堂一點也不冷清，擠滿了快要上課遲到的學生。電梯門關上後，大家都下意識地把頭往上仰，盯著電子樓層顯示屏。

為什麼在電梯裡大家都一致往上望？

靖樹的研究題目就是關於解讀身體上的語言符號。人類的潛意識行為並不是隨機或偶然的，而是隱藏了深層的訊息意義。在電梯裡往上看，就是典型想要逃離的身體反射動作。由於電梯是一個非常狹小的密閉空間，彼此的私人距離出現了互相交疊及碰撞，會令人感到不安、不自在。大家注視樓層顯示屏，其實並非真的想要知悉電梯已到哪裡，而是單純地想要躲避與陌生人的眼神交會。這同時，當看到不停跳動變換的樓層數字，代表電梯正在迅速移動，也暗示自己正朝目的地前進。這樣可以或多或少舒緩焦急不安的心理。

其實，每個人的身體四周，都存在一個私人專屬空間，如果空間被入侵了，便會感到渾身不舒服。因應場所及彼此的關係，所需的私人空間亦有所不同。如果是親人或情侶，私人距離可拉近至零點五米以內；如果，彼此是朋友或同事，距離大概維持在零點五至一米之間；但是，如果是陌生人，距離則最好保持在一點五米以外。私人空間既是一種安全感，也代表了彼此容許的親密度。當兩人走得越近，私人空間便越壓縮，可能感受到的愛與傷害則越大。這就像是自我保護機制下的一場攻防戰。

潛意識行為就像是一套獨特的身體符號，不論是走路時的姿勢、說話時瞳孔的反應，或撒謊時的小動作，都是內心所想所感的真實投射。這些身體符號具有高度的穩定性與持續性，即使想要隱藏掩飾，也會在不自覺間流露出來。在撰寫論文的過程中，靖樹明白到一個重要事實，身體時刻會分享著內心傳來的重要訊息，所以永遠是最誠實的。如果想要讀心，就要懂得解讀身體上的各種符號。

電梯門一打開，大家馬上分散開來，重新建立起自己的安全距離。經過圖書館時，她隔著落地玻璃往裡頭快速瞄了一眼，看見長長的借書人龍，以及工作到一臉不耐煩的櫃台管理員。整所大學一如往常地熱鬧不已，並沒有被棄置的跡象。靖樹再沿著文學院的木樓梯往下，進入地下長廊，期間並沒有聽到奇怪的間縫響聲，也沒聞到受潮後的發霉味道。一切就跟平常一樣正常。

卡夫卡死囚室的門樑上亮起了紅色小燈，她像看見交通燈號一樣停下來了。再次查看手錶，指針踏在十一時的位置，時間正如常向前流動著。她調整一下呼吸，輕輕敲門。

「門沒上鎖，請推門進來。」一個低沉的男人聲音從裡頭傳出。

正當她想要推開右邊那扇門時，突然回想起那門鉸已經銹蝕損壞了，她於是改為推開左邊的門。房門很順利地被推開，並沒有發出不的金屬聲響。

卡夫卡死囚室被改成了論文口試室，有兩位考官並排坐在長木枱的一端，而另一端則放著考生用的空椅子，中間垂下了一盞沒有燈罩的圓形白燈，整個空間佈局令人聯想到警察局裡的祕密審訊室。

「啊，靖樹，你到了。先坐下吧。」右邊的考官聞聲抬起頭看著靖樹說。

「謝謝系主任。」經歷剛才的意外後，靖樹終於看到了一個熟悉的臉孔，頓時感到安心了不少。

面試有兩位主考官，其中一位是快將退休的心理系主任，他為人親切，十分疼愛學生。系主任戴著厚厚的方形老花眼鏡，每次上課都是穿著同款同顏色的寬身西裝。同學們曾經對系主任的衣著做過統計，估算他至少擁有三套以上的同樣式西裝，一套右邊的衣領有破口，一套左袖的袖口長期少了一顆鈕扣，另一套在上背位置有一處一元大小的深色污漬。

另一位考官看起來則有點年輕，樣子大約四十出頭，蓄著一頭短髮，穿著緊身白襯衫及黑色領帶。他的肩膀寬闊，肌肉給人結實的感覺，皮膚膚色像剛曬過不久，還留有偏紅的古銅色。從外表上看來，他更似一位游泳選手多於一般印象中的學院教授。

系主任用手托一托老花眼鏡，像是想起什麼似的說：「剛才忘了在門外貼上告示，提醒右邊門壞了。幸好你選了左邊的，否則大家的耳朵又要受罪了。」

靖樹心裡一怔。剛才在她靈魂離體時，所預見的景象竟然是真的。「右邊門鉸損壞了？」靖樹再次確認地問著。

「是啊。我們也是今早過來才發現的。」系主任回答。

「但是，妳卻好像是已經預先知道一樣？」旁邊的教授看著靖樹，冒出這一句話。

「她預先知道了？怎麼可能啊。」系主任瞪大眼睛說。

「至少她知道門鉸是壞的。」教授直看著靖樹。「不是嗎？」

靖樹並沒有立即回答。她意會到眼前的教授並不是一個簡單的人物。

「妳慣性地用右手開門、用右手拉椅子，所以應該是個右撇子來的。」教授指著靖樹的右手說。

「這跟右撇子有什麼關係？」系主任感到一頭霧水。

「伸手推門是一種下意識行為。人通常會運用較強的那一隻手，並順著身體姿勢，選擇推門方向。如果是右撇子，在正常情況下是會不自覺地選擇右邊的門。」教授解釋說，「除非是有特殊原因，否則身體的慣性動作是不會改變的。」

「但是，這也不能證明她預先知道門鉸壞了啊。」系主任還是不太明白其中關係。

「在她進門時，她首先是緊盯看著的，就是門鉸的位置。這個身體反射動作，反映了她擔心那裡可能出現什麼問題，因為注意力是極具功能性的東西。」

「教授說得沒錯。我是預先知道門鉸壞了。」靖樹如實地回答。

看來眼前這一位教授不只是擁有敏銳的觀察力，同時也是一個身體語言符號專家。這一點，倒是引起了靖樹的強烈興趣。仔細觀察，教授與一般人的確大不相同，他是一個隱藏自己很深的男人，無論從他的表情、神態、姿勢或小動作，都很難讀到任何鮮明訊息。相反的，在教授面前，她卻變得像透明人一樣清晰可見。

「我只是好奇妳是如何得知門鉸壞了而已。妳放心，這跟口試結果是絕無關係的。」教授像是在回應她內心的疑惑說著。

「十分鐘之前，我碰上了一宗交通事故，我差點被一輛汽車撞倒。當時，我的身體彷彿短暫失去意識般地留在馬路。但是，我的靈魂卻飛離現場，繼續前往口試的房間。就是在靈魂出竅的時候，我發現這個房間右邊門鉸出現了銹蝕，發出刺耳難當的聲響。所以我剛才才會刻意避開那一扇門。」

靖樹也不知道教授是否會相信她說的話，但她決定如實說出情況。

「妳相信自己剛才的靈魂出竅經歷嗎？」教授不但沒有顯示出驚訝的表情，反倒過來問她。

「雖然這樣聽起來很不科學，但是，我很確信剛才並不是在做夢。」

「夢境也有著預知的功能啊。很多時候，人們能在夢境裡看見即將發生的事情。」系主任終於可以插上一句話。

靖樹注視著自己略有擦傷痕跡的膝蓋。「但我知道那是一個比做夢更加真實的經歷。」

「我明白了。」教授並沒有再追問下去。

「所以教授您知道那究竟是什麼一回事？」靖樹從教授的反應看來，感覺教授好像知道什麼似的。

「妳有聽過瀕死經歷嗎？」

「瀕死經歷？在剛才的過程中，我是有懷疑過自己是否已經死去，那時的我，彷彿是進入了另一個異度空間。」

「來自世界各地的瀕死個案，都說明了一件事情：也許死亡並非生命的最後終結，在人的死後，極有可能存在一個人類未知的世界。」教授說著，「有許多瀕死個案都曾經出現妳所說的靈魂離體經歷。有的人更表示，他們遇見了已經死去的親人及朋友，甚至是傳說中的神明。」

剛才她也聽到了爺爺的聲音，而且正是爺爺把她喚回現實世界的。

「教授正好是瀕死領域的研究專家。」系主任連忙補充說。

「下星期我會在大學附屬醫院舉辦一場瀕死研究發表會，如果你對瀕死經驗有興趣，歡迎妳來參加。」教授把一張字條遞給靖樹，上面寫了發表會的時間與地點。

「好的，謝謝您，教授。」靖樹接過紙條。

「看來妳對死亡這方面有很敏銳的感應。也許我們還會再見面的。」教授意有所指地說著。

這時候，系主任故意乾咳了一聲，把二人拉回今天的正事上。「如果妳準備好了，我們就開始論文的口試報告吧。」

靖樹深呼了一口氣。「我是臨床心理系的研究生，名字叫靖樹。我的研究題目是解讀身體上的語言符號。我的研究是從一間咖啡館開始的……」

第七章　二次溺水

逸辰

有些事情，如果當時沒有解決掉，就會一直停頓在那裡，不管過了多久，都不會有所改變。

大約在三分鐘過後，逸辰媽媽像是聽到了神對她懇切祈禱的回應。本來是不祥哀號的警笛聲，現在竟然成為帶來希望的《奇異恩典》。救護車的車頂閃耀著藍色燈號，從遠處火速駛至，幾位穿著整齊白色制服的救護員走下，在逸辰媽媽的眼中，此刻的他們，就是天使。

逸辰爸爸急迫又小心翼翼地把兒子交給救護員。救護員在救護車上為逸辰評估了維生指數，發現情況並不樂觀，第一時間為他戴上氧氣面罩，並送往最近的醫院。逸辰被推進急診室後，急診科醫生替他進行胸肺檢查，發現呼吸聲中出現奇怪的溼囉雜音。在X光胸片上，兩邊的肺下葉呈現出低密度陰影。醫生診斷他的胸腔內正積聚了大量液體，引致肺積水及急性肺水腫狀況。心臟肌肉因長時間缺氧，已開始出現衰竭跡象，血氧及血壓值正不斷下降。如果不及時動手術，心肺功能可能會隨時停止。

「將病人推去二號搶救室，先準備胸腔穿刺手術引流積壓的胸液。」急診科主任吩咐在旁的醫生。

主任拉開診症室的布幕，神色凝重地走向逸辰父母。「你們的兒子出現急性肺水腫，引致心臟衰竭，需要馬上進行引流手術，否則會有生命危險。」

「怎麼突然會這樣？他剛剛還好好的……」逸辰媽媽聽到醫生的話，整個人失去力氣，渾身癱軟地靠著逸辰爸爸。

「聽救護員說，這孩子早上曾在泳池遇溺昏迷，是經過急救後，才清醒過來的。所以我懷疑他是出現了續發性溺水，就是所謂的二次溺水或乾溺水。」主任說出他對逸辰的診斷。

「什麼……二次溺水啊？」逸辰爸爸大感不解。「在急救時，他已經把一大口水吐出來了。清醒之後，他的意識及身體都像正常一樣，會說話、走路等等，而且午餐時，他更把一大份三文治吃光了！」

「雖然在溺水急救後，看起來會像是沒事一樣，但是，常常會在溺水後的二十四小時內，陸續出現明顯的併發症狀。嚴重的，甚至會發生突然死亡。」

「溺水、嗆水不是很平常的事情嗎？很多人也曾有過這樣的經驗啊！但都沒聽說過什麼持續溺水，或嚴重併發症的。」媽媽還是不能接受醫生的說法。

「溺水看似是很普通的事情，但很多人都小看了溺水的嚴重性。在溺水或嗆水後，不要以為把傷者拉出水面就是已經安全了。即使，當場有把水吐出，很有可能仍有小量液體積存於氣管深處及肺部。如果積存體內的液體未被及時排走或被身體吸收，便會令肺泡充滿血水，嚴重時會影響氣體交換，並導致身體缺氧。此時，雖然人已不在水裡，肺泡卻仍處於溺水狀態，令受損的肺部功能持續惡化。雖然一般來說，發生二次溺水的機率極低，但是這種情況還是有可能發生的。」主任解釋。

這時護士長從搶救室走出來。「主任，一切已經準備好，可以馬上進行穿刺手術。」

「醫生，拜託你，一定要救我兒子回來！拜託你！」逸辰媽媽激動地對醫生懇求。

「千萬拜託你了！」逸辰爸爸用力握住主任醫生的手。

隨後，主任便走進了搶救室，搶救室的房門在他身後關上，門樑上的紅燈隨即亮起。

在搶救室內，主任以小穿刺針插入逸辰的胸膜內壁，利用導管把大約一百毫升的積存胸液引流出來，這並不是一個複雜的手術，很順利地就完成了。逸辰的血氧及血壓值已經穩定下來，只是心跳脈搏仍然維持在危險的低水平。心肌功能能否恢復過來，將是接下來的關鍵。

紅色燈號熄，搶救室的房門打開了，主任率先走出來。他脫下臉上的口罩，「你兒子算是脫離了立即的生命危險，只是心臟功能還沒有恢復過來。他的情況變得有點複雜。」

「他的心臟功能什麼時候才能恢復？」逸辰媽媽緊張地問著。

「這個很難說。」主任像欲言又止似的說，「如果心臟不能於一星期內恢復，心肌便可能出現發炎壞死，到時候……」

「心臟壞死？到時候會……怎樣？」媽媽聲音帶點顫抖的問。

「如果心臟真的壞死了，就只能有兩個選擇，一是立即進行換心，二便是死亡。」主任如實說出可能發生的情形。

爸媽聽到後，嚇得面如死灰，完全不知該如何反應。

「這只是最壞的情況，未必會發展成那樣。」主任語帶安慰地說著，「他目前仍處於重度昏迷狀態，還不會這麼快醒來。你們先回去休息一下，有任何變化，護士長會在第一時間通知你們的。」

只是，逸辰媽媽怎樣也不肯離開，她想要為兒子做點什麼，但卻什麼也幫不上。而唯一可以做的，就是留在醫院的祈禱室裡虔誠地祈禱，希望神能再次讓逸辰清醒過來。

逸辰這一次昏迷，持續了七天七夜。

在昏迷的第七天夜裡，逸辰突然再次睜開眼睛。他發現自己正躺在一個昏暗的陌生房間，四周充斥著濃烈的消毒藥水氣味。他聽到床沿後方傳來了微弱的電子儀器聲響，那聲音單調而重複，節奏似乎是跟自己的心跳同步。他的身體插滿了各種管子，有輸氧氣的、血液的、營養液的，活像實驗室培育的科學怪人一樣。他嘗試挪動身體，肌肉卻完全使不上力氣，只要稍微動作，胸口便傳來劇烈痛楚。此時的逸辰，意識仍未完全清醒，他依稀記得自己明明才吃完三文治，回房睡覺，為何醒來後會在這個從未見過的地方？他努力想要回想曾經發生的事情，卻什麼印象也沒有。在迷迷糊糊之中，他又再次昏睡了過去。

就是這一天的昏睡之中，逸辰首次夢見了白衣少年，夢裡的情境，就跟現在重複出現的噩夢一模一樣。由於那時候的夢境太過於真實，逸辰甚至分不清究竟最後是自己，還是白衣少年從天台掉下去了，他就是在那無止盡的墜落中，驚醒過來的。醒來後，他全身冒著冷汗，大口大口地喘著氣，床後的電子監視儀器聲正急速響著。

護理站的護士聽見了聲響，趕緊推門進來查看。「噢，你終於醒來了！你不用害怕，這裡是第一醫院。我馬上找醫生過來。」語畢，護士又跑出去了。

原本一直在病房外等候的媽媽跟在醫生身後一起走進了病房，臉上滿是憂慮，擔心逸辰的狀況是否發生了不好的變化。醫生仔細地為他做了一系列檢查，並沒有發現任何異常情況，他的心跳與血壓亦已穩定下來了。「他剛才很可能只是在做噩夢，所以導致心跳加速。生命跡象都很正常，不需要太擔心。」醫生轉身對媽媽解釋著可能的原因。

「這一切對我們來說，的確就像是一場十分可怕的噩夢。」媽媽走到床沿輕輕撫摸著逸辰的頭，不捨地說。

當時的逸辰，腦袋仍處於十分混沌的狀態，他對於自己為何再次來到醫院，一點記憶都沒有。

他腦海中有一段記憶像模糊掉了，也不知道時間究竟是過了多久。他曾問過媽媽，想知道在醫院期間發生了什麼事情，媽媽只說他在那天意外發生後，又生了一場大病，算是從鬼門關走了兩趟回來。

「兩趟？是我死了兩次再回來的意思嗎？」逸辰不解地問著媽媽。

「是你把我嚇壞了兩次的意思。」媽媽沒有直接回答逸辰，不想再提起這可怕的經歷。「逸辰，你要答應媽媽，要趕快好起來，快點跟著媽媽一起回家去。」

逸辰看見媽媽憔悴的面容，用力握著媽媽的手說道：「對不起，媽媽，我會很快好起來的，不要再讓妳難過。」

自從手術醒來那天起，逸辰的身體恢復得出奇地快，就連醫生也感到不可思議。在醫院又待了三星期之後，醫生終於同意讓他回家休養。逸辰回到家後，換成媽媽生了一場大病，因為長時間過度操勞及擔憂的緣故，媽媽病了很長的一段日子。從那以後，家裡人有默契地不再提起那次的溺水意外，這次的事件變成了他們家人心裡共同的一道傷口。因為不想再增添家人的憂慮，逸辰並沒有把夢到白衣少年的事告訴家人。隨著成長，連他自己都漸漸淡忘了這個夢境，雖然它是那麼地真實。

豈料，難以預測的命運，居然把逸辰帶回兒時，到曾經救過病危的他的醫院當實習醫生。但當時所做過的噩夢也於此刻再度出現……

逸辰一口氣把自己的故事說完後，他又點了續杯的耶加雪菲。

老頭為逸辰送上新的咖啡，像是忽然想起什麼似地說：「有些事情，如果當時沒有解決掉，就會一直停頓在那裡，不管過了多久，都不會改變。直到某一天，當一切又再次回到那個地方時，所有的事情都會重新與你相遇，再演一次。因為它一直都在那裡等你啊，不管過了多久，它都會一直在等著你的。」

「這話聽起來，有點像是佛家說的輪迴，而且，無人可以脫逃。」逸辰若有所思地回應著。

「我是不太懂得宗教的東西。不過，這就像一顆種子隨風掉進石縫裡，如果種子沒有順利地成長，大概下一次也會被吹進相同的石縫吧。只能說一切都是命運的安排。」老頭也用手指按一下自己的太陽穴。

「嗯，或許這一切，都跟命運有關吧……」

直到逸辰離開之前，兩人都未再交談半句，各自陷入自己的思考世界中。

這個週末的早上，醫院急診室變得異常冷清，來急診室看診的人數好像比平時少了一半，彷彿疾病也會挑時間放假一樣。逸辰很快完成了手頭的工作，他在收拾期間，竟無意中發現老伯的頸鏈還留在自己的衣袋裡。老伯在生命垂危之際，還拚命抓著這條頸鏈不放，彷彿這條頸鏈是比他的生命更重要，逸辰於是想著需要快點找機會，把頸鏈還給老伯。

逸辰拿著頸鏈到腫瘤科探望老伯。老伯被安排住進獨立的特別監察病房，這裡其實是專門給臨終病人使用的房間。病人一旦住進了這裡，就等於是被醫生宣判死刑，通常只能走著進來、躺著離開。

逸辰起初並不認同這種隔離安排，他認為讓病人孤獨地面對死亡，病人或許會有一種被遺棄的感覺。但是，他後來漸漸明白到，一個人的出生及死亡，本身就是一件孤獨的事情，如果要學會接受死亡，就必須先接受孤獨。況且，孤獨二字其實只適用於仍有生存希望的病人，對於已經望的末期病人來說，生病所帶來的各種痛楚，已經讓他們無暇害怕孤獨。

監察病房的房門是沒有上鎖的。逸辰輕輕地轉動門把，稍微打開一道門縫，看見躺在病床上的老伯，正在閉眼休息，他於是悄悄地鑽身進去。老伯看起來年約七十多歲，頭髮已經是斑白稀疏。雖然老伯的臉色比起昨天多一點光澤，但是身上的氣息卻是僅存游絲，已稀薄得接近透明狀。癌細胞已經擴散至多個器官，肝臟與心臟功能隨時可能衰竭停止。老伯的生命可以說是走到油盡燈枯的地步。

逸辰翻看著排板上的醫療紀錄，發現老伯原來早就預設了醫療指示，申明一旦自己陷入昏迷或危急狀態時，他將不願意接受急救或其他入侵性的治療。由於昨天事出緊急，醫護人員只顧著第一時間搶救生命，無人顧及翻查病者的醫療意願。

看著醫療指示，逸辰的心情突然沉重了起來。雖然說拯救生命是醫生的天職，但是他認為，生命的所有權應該是屬於病人，同時也是病人自身在承受身體的各種痛苦。醫生是否該違反病人的意願，強行給予急救治療？即使他勉強暫時把老伯搶救回來，也許只是徒增老伯的痛楚，面對老伯的病況，他根本就無能為力。

老伯並沒有睡得很熟，一翻身就感覺到房間裡有其他人在。

「老伯，您覺得身體怎麼樣？還有那裡不舒服嗎？」逸辰見老伯已經醒過來了，便裝作是當值的巡房醫生。

「還好，只是胸膛像被誰打了一拳似的，有點隱隱作痛。」老伯用手搓揉著胸口，正是昨天被電擊的位置。

「要不要給你開一些止痛藥？」逸辰覺得現在唯一能做的，就是盡量減輕病人痛楚。

「不用了，因為人還活著，才會感覺到痛。所以說嘛，人生就是充滿各種各樣的痛苦。」老伯說話帶點黑色幽默。

「因為昨天情況危急，來不及翻查您的醫療指示，所以……」逸辰語帶抱歉地想要解釋，之所以沒有依照老伯的醫療指示放棄急救的原因。

「沒關係，看來是時候未到，想走也走不了。」老伯表情帶有無奈地說。「有時候，是死是活，也不是醫生或病人能決定的事，時間到了事情才能結束，不是嗎？」

「昨天您突然在餐廳裡暈倒，被送進醫院時已經不醒人事。有需要幫您聯繫親人嗎？」逸辰心想老伯現在最需要的，不是什麼治療，而是家人的陪伴與關心。

「不用了，我家裡已經沒有人了。我沒有子女，太太在兩年前也因病過世了。這樣也好，可以圖個耳根清靜，免得臨死時，還要反過來安慰別人，或是被拉著不讓你走，多頭痛呢！」

「但是，我看您的緊急聯絡欄上有一位小姐的名字。」逸辰一邊翻查著醫療記錄，一邊問著。

「噢，我明明把『緊急』改成『死後』的，就是在我死後才去聯絡那個人的意思啊。之前護士長一直煩我，問我如果有什麼要處理的事情時，應該聯絡誰。我想人都要死了，還有什麼事情是非要處理不可的呢。」

「真的不用通知那位小姐嗎？」逸辰再次跟老伯確認。他覺得這可能是他們最後的見面機會。

老伯搖搖頭。「不用了。她只是已故鄰居的小孫女。還是暫時不要打擾她。」

「好的。如果您有什麼需要，請隨時跟護士長說。」

「噢，差點忘記跟你道謝。謝謝你昨天努力地在急診室為我搶救。」

「老伯，您怎麼知道是我為您做急救的？」逸辰發現老伯的話裡有不對勁的地方。「在您清醒之後，這應該是我們第一次碰面。」

「唔……這個應該怎麼說好呢。」老伯猶豫了一會兒，還是決定說出來。「如果說，當時我看見了整個急救過程，你會相信嗎？」

「但是，您當時已經昏迷不醒，而且呼吸心跳更曾一度停止，根本不可能有知覺或記憶的。」

逸辰不明白老伯所說的看見，是怎麼一回事。

「或者你不會相信，但是我真的看到了當時發生的一切情況。當時是你替我做心胸外壓與人工呼吸。接著，另一位秦醫生拿起電板準備進行電擊，卻被你及時阻止了，因為你發現我手裡還握著一條銀色頸鏈。」老伯把急救時所發生的情景說出。

逸辰感到十分不可思議，一時之間答不上話來。

「年青醫生，那條銀色頸鏈應該還在你那裡吧？」老伯像在提出證明似的。

「啊，我差點忘記了，我今天來的目的，就是為了把頸鏈歸還給您的。」逸辰從口袋拿出頸鏈，他這時才注意到，頸鏈上還掛著一個水滴形狀的奇怪吊飾。「這條頸鏈對您來說，一定是十分珍貴的物品，所以您一直緊緊握在手裡。」逸辰把頸鏈放到老伯的手中。

「這是我太太的遺物，也是我們結婚時的定情信物。這個吊飾是埃及聖甲蟲的象徵，是古時候的護身符。我太太在死前跟我約定，只要我拿著這護身符，她便會找到我，我們死後便能重逢。所以在餐廳暈倒前，我就用上最後一口氣緊握著頸鏈。」

「所以這是用來相認的信物。」逸辰對於老伯夫妻的感情深厚有些感動。

「一定要有相認的信物，彼此最後才能找到對方。」老伯深情地看著聖甲蟲說。

「老伯，您可否把在餐廳暈倒後的事情詳細告訴我？」逸辰忍不住好奇的追問。雖然理智與醫學背景告訴他，這是不可能的事情，但是，基於某些不明原因，他的內心卻渴望相信老伯的話。

老伯想了一想說道，「我在餐廳暈倒後，的確曾經看到一些奇怪的景象。我是在等結帳時，突然感到胸口劇烈絞痛，跟著眼前一黑，便暈過去了。等到我再次醒來，發現自己正身處一個奇怪的昏暗地方，有點像是大樓的地下車庫。但是，那裡空空的，什麼也沒有，只有一條長長的隧道在前方。我於是走進隧道裡，看見隧道的盡頭有光透射過來，所以便跟著光源走了過去，最後竟然走到了醫院的急診室。當時，我看見另一個自己正躺在病床上，毫無生理反應，心跳與呼吸都停止了。那時，我才意會到自己應該是死去了。我的靈魂從身體跑了出來，看到急診室裡發生的一切，只是沒有人能看得見我。我當時想，這樣結束也好，一點痛楚都沒有。我站在床邊等，等待我太太來找我，我知道她一定會來的。結果，她真的來了！」老伯瞪大著眼睛，興奮地說著。

「您看見了兩年前死去的太太？她來了急診室嗎？」逸辰雖然知道老伯不是在編造故事，但是老伯所說的一切，已經超乎他的認知與想像。

「對！我太太這時候突然在房門口出現。她穿著葬禮時告別式上的洋裝，手裡還拿著一束太陽花。我走上前，想要跟她一同離開。但是，她卻對我說：『老公，你的時間還沒到，你再耐心等待一下，到時候我會依照約定來接你的。』『我的時間還沒到？我不是已經死了嗎？我的靈魂都已經跑出來了！』我一點都不想回到人間，只想要跟著我太太離開，但是她卻跟我說：『你只是在瀕死的邊緣。趕快回去吧。』然後她就離開了。」

「坦白說，如果可以讓我選擇，我真的是不想回來的。我等跟她重聚的那一刻，已經等很久了。」老伯言語中，有一種孤獨的悲涼。「她離開那時，你正開始替我做心肺復甦，另一位醫生則替我做心臟電擊。更奇怪的事就開始發生了。」

「更奇怪的事？」逸辰越聽越覺得不可思議。

「霎時，我感覺房間內所有的燈都在閃動，地板和牆壁也跟著在搖晃，整個急診室像快要倒塌下來一樣。就在你為我做的最後一次電擊時，我突然被一股強大吸力拉回身體，之後便失去了知覺。等到我再次張開眼睛，我已經躺在這個監察病房了。」老伯把整個過程說完，語氣中帶有無法和太太相聚的遺憾。

「所以是我把您硬拉回來的。真的很對不起。」逸辰突然對老伯感到十分抱歉。雖然他成功地救回了老伯，那卻不是老伯想要的結果。

「如果別人聽到醫生因為救活病人而道歉，肯定以為這裡是精神病院了。」老伯開玩笑似的安慰著他。

「老伯……」逸辰正想要再說些什麼，身上的傳呼機突然間急速地響起。「嘟……嘟……嘟……」訊息顯示剛發生了嚴重的交通事故，急診室裡送來了大量傷者，後備當值的急診科醫生必須盡快前去幫忙。

「老伯，急診室有緊急事故，我必須馬上趕去幫忙。」逸辰雖然有很多想問的事情，情況卻不允許他再多逗留。

「年輕醫生，你是一個好人，凡事可以追求，不可強求，只要盡了力就好。你知道醫生跟神的分別在哪裡嗎？就是一個有光環，而另一個沒有。神的事就留給神去做，因為那光環不是人所能背負得起的。」老伯突然說出一些奇怪的話。

「我會好好記住的。」逸辰感謝老伯的好意。

「再見了。」老伯像作最後的道別。

逸辰離開了監察病房。他進入電梯，並按鍵關門。就在電梯門即將關閉之際，他從門縫中隱約看見一位女士的身影正急步走過，雖然他看不見那女士的臉，但卻注意到她手上正拿著一束盛開的太陽花。逸辰心想，或許老伯的時間已經到了。

第八章

神聖甲蟲

靖樹

緣分，就是當所有偶然的事情都跑在一起，結果就是注定了。

靖樹終於順利地通過了論文口試。她原本想睡上一天一夜的，卻被清晨的燦爛陽光給曬醒了。她的喉嚨乾得像快要裂開一樣，她爬起來把床頭桌上水杯裡的清水喝到一滴不剩。接著，她起身把窗簾拉開，探頭往外看，馬上就被外面的風景深深吸引住。

由於之前很長一段時間，一直下著梅雨，她感覺已經很久沒有看過這麼晴朗的天空了。天空裡，一片雲都沒有，藍得像是把全世界的藍色油漆都用光了一樣，天空中不留半點空白。在這個季節，大學附近著名的木棉花道，都已經名副其實地開滿了木棉花，大大朵的紅花掛滿一樹又一樹，煞是美麗。最紅的花海，配搭上最藍的天空，交織出一幅鮮豔奪目的大自然美景。

靖樹的爺爺，一直對木棉樹有著特別的鍾愛，他生前常對靖樹說：「木棉樹是大自然的四季寒暑表，只要看看樹的樣子，便知道季節已經更替，人該換穿上什麼衣服了。」

「嗯，一樹四季嘛。」小靖樹搶著回答，這句話當然是爺爺教她的。

每年，一到春天，木棉樹便會由原來的禿枝寒樹，轉眼變身成艷紅的花海片片，枝頭到處盛開著拳頭般大的花朵。五片鮮紅的花瓣呈五芒星狀向外捲曲，中央的雌蕊花柱被眾多的雄蕊圍繞著，好比一眾侍衛守護著一個含苞待放的少女胴體。花朵盛開的過程是最精采的，花苞在樹葉發芽形成前，會在同一時間，像是商量約好似的綻放，花朵沿着側幹水平地分層展開，有如打開的花傘一般，散落有序。

現在的靖樹，也正值生命中的初夏，她青春的胴體，如同是一朵盛放的木棉花。此刻的她，穿著一件鬆身白襯衫，露出雪白修長的雙腿，臀部堅挺、若隱若現的曲線，彷佛是最美麗的人體海岸線。她的衣櫃中，有一層是放滿了男用棉質白襯衫，那些襯衫既是她的睡衣，也是爺爺留給她的最後禮物。

爺爺是一名舊式老裁縫，他生前最拿手的，就是縫製手工襯衫，他的手工及質量，都是行內有名的。在靖樹的年幼印象裡，爺爺無論何時都是穿戴整齊、衣履合身地出現在人前。爺爺的臉上，架著一副小圓框眼鏡，因為眼鏡不合臉型尺寸，總是會向下滑落，卡在鼻梁上，使得眼睛一半在鏡片內，一半在鏡片外。她後來才知道，那是老花的專用眼鏡，跟爺爺常年掛在脖子上的軟量尺一樣，都是專業裁縫的必備工具。

在每個開學年頭，爺爺都會親手縫製一套新校服送她作禮物。所以，比起班上其他同學，她的校服永遠都是剪裁最稱身、質料最漂亮的，也為她贏來了不少稱讚與艷羨目光。如果班上要投選最受歡迎的職業，肯定不是什麼醫生、警察，而是裁縫。因此，她十分以爺爺為榮。

靖樹記得小時候家門口，有一棵高大的木棉樹。那棵木棉樹陪伴著她成長，可算是她的另類閨蜜。每當她感到寂寞時，她就會跑去跟木棉樹說話。

「大家都說大樹跟石頭並沒有兩樣呢，都是不會走動、不會說話，像沒有生命似的。」小靖樹故意調皮地逗弄著木棉樹說。

木棉樹不吭一聲，沒有理會她。

「你好像這幾年來都沒有長高過呢。還有，鄰居張伯伯也說，他已經看了你十年，都是同一個老樣子，沒看出來你有發生什麼變化。」小靖樹繼續說著。

「在時間的長河裡，人類的生命一轉眼便已經消失，才短得像沒有活過一樣啊。」木棉樹終於忍不住，不服氣地回應。

「這是什麼意思啊？」小靖樹問。

「相比起千百年的大樹，人的生命才短短幾十年，實在短得有點可憐。」

「說的也是。」小靖樹覺得木棉樹的回答頗有道理。

「石頭可是比我們更厲害呢！石頭是經過千萬年的風化，才演變而成的！相比起石頭，大樹的生命稍縱即逝。」木棉樹略顯遺憾地說。

「雖然人類的生命很短，但人類可以四處行走、活動啊。」小靖樹不服輸地想要為人類挽回一點面子。

「大樹跟石頭也會活動啊！只是我們的動作比較慢。我們還沒有動完一步，人類便不知已經死過好幾回了。是人類命短看不見而已。」木棉樹語帶不屑地說。

小靖樹仔細想了一想木棉樹的話，「嗯，的確是有這個可能。」

「還有，人類的活動速度太快了！每天都在忙一些有的沒的，趕來趕去，動作快得像完全沒有動過一樣。」木棉樹像抱怨般地說著。

「快得像沒有動過？」小靖樹不明白木棉樹要表達的意思。

「你想想看，如果我在你閉上眼的瞬間，快速地繞了地球一圈，又回到原來的位置，那我不是就像完全沒有動過一樣嗎？」木棉樹用比喻法向小靖樹解釋著。

「那倒是真的耶！所以，很多東西看似不會動，其實，反而可能是動得太快，所以我們根本看不到?!」小靖樹有點驚訝於這個她從未想過的結論。
「就是這樣啊。」木棉樹認真地回應。
「那麼，大樹每天都在做些什麼事呢？」小靖樹好奇地問。
「大樹不用每天趕著做事情的。我們一年之中只做四件事：春天開花、夏天結果、秋天落葉、冬天休養。我們的生活節奏，是依隨著大自然變化的。」木棉樹略顯得意地說著。「那麼，人類都在做些什麼事情啊？」大樹反問小靖樹。
「人呀，應該是每天都做著差不多相同的東西吧。」小靖樹一陣苦思之後，說出她的觀察心得。
「那這跟啥事都沒做過，有什麼分別啊？」木棉樹覺得無趣地說。
「人好像也是做四件事情吧。小時候努力讀書，長大後努力工作，之後努力組織家庭，最後，等待老去死亡。如果一切都順利的話，應該就是這樣。」早熟的小靖樹，看到周遭的人似乎都是這樣生活的。
「但是，這些事情的重要性，到底在哪啊？」木棉樹無法理解人類的想法。
「重要性……我好像也不太清楚。」小靖樹被木棉樹一問，也感到疑惑了起來。「但是每個小孩從小就被大人告知，人生必經的歷程就差不多是這樣子。」
木棉樹對於人類不知道某件事情的重要性，卻花費一生時間在上面的情況，感到十分不解。「大樹要做的事情，可是非常重要的呢！如果我們春天不開花，那些小鳥及昆蟲，就沒有香甜的花蜜吃；夏天不結果，你爺爺就沒有綿線來織布裁衣。如果我們都不好好幹活，一起停工，地球的生態就完蛋了。所以當一棵大樹，一點也不能鬆懈，因為我們的工作十分重要。」

大樹的回答，讓小靖樹突然有所感嘆地說：「人類即使認真地做，也不一定能把所有事情順利完成啊。像是我的爸媽，就在中途死去了。奶奶也沒有活得很老啊，同樣又突然死掉了。所以，我也不知道自己可不可以活到長大變老，說不定在什麼時候，我也會突然死掉。」

「這樣聽起來蠻可憐的。」木棉樹也感慨地說：「大樹也不知道什麼時候會被人砍伐掉啊。你看，水泥大樓天天都在蓋呢。雖然大樓都不會做事情，但是人類卻需要大樓遠多於樹木。」

「那你會害怕被砍掉嗎？」小靖樹關心地問。

「大樹不會花時間去想這些無聊的問題。我們只關心每天能否吸收到充足的陽光及空氣。」

「如果不花時間想這些事，那麼，應該要關心什麼才對？」

「當然是關心呼吸啦！」木棉樹把自己認為最重要的事告訴靖樹。「如果你忘記好好呼吸，你就忘記生命了。所以，呼吸才是最重要的！」

「呼吸。我會好好記住的。」小靖樹點點頭。

「還有，我也不知道誰會是我的父母、誰會是我的孩子啊。大樹看似一輩子就只能孤獨地生活。但是我們未曾真正感到孤獨。因為，每棵大樹都是生活在同一片天空下，我們的根，也都跟這塊大地深深地連結在一起的。別忘了，你也是生活在這片天空跟大地裡呀！」木棉樹像是在自言自語，又像是想要安慰孤獨的小靖樹。

木棉樹的話，的確使得小靖樹感到一絲安慰，也感覺到自己起碼還有大樹可以說話談心，就不再覺得那麼孤獨了。

「長大後，我想要當一棵大樹。」跟木棉樹的一番對話，讓幼小的靖樹覺得當大樹是很有意義的事，也成了她的志願。

當然，長大之後，靖樹就知道她是不可能變成一棵大樹的。可是，在她心目中，大樹永遠是大自然中最有智慧的生物。她欣賞大樹那種懂得順應自然的生活節奏，以及視自己為宇宙自然一部分的融合觀念。大樹既未狂妄地想過要改變世界，也不擔心自己會被世界所改變，不看輕自己的價值，也不去看輕他人。

「我沒有比誰更重要，但也沒有比誰更不重要啊。」木棉樹曾經這樣說過。

相較於大樹，靖樹覺得人類的思想視野短淺而狹窄，總是視自己為世界的中心，過於渴望能操控一切。而死亡，就是人類一直最想要征服的東西。

起床後，望著窗外的景色好一會兒後，靖樹忽然有個衝動，想要去探望一下木棉樹。於是，她隨便弄了點吃的，便出門去了。她回到小時候生活的地方，那些老舊記憶瞬間歷歷在目。木棉樹的樣子，看起來跟十二年前一模一樣。靖樹張開雙臂，緊緊環抱著樹幹。這是她跟木棉樹獨有的打招呼方式。

「你最近好嗎？」靖樹先開口，輕聲溫柔地問著木棉樹。

「妳怎麼過了這麼久才回來看我啊?!」木棉樹向靖樹抗議道。「不過，沒關係啦，春天剛結束，我的工作可忙碌得很呢。」

「對啊，看你換了一身漂亮的紅衣裳，十分美麗呢。」靖樹衷心地稱讚著木棉樹。

「真的嗎？謝謝！我還害怕無人懂得欣賞呢！」木棉樹像是被心儀對象所稱讚的少女一樣，高興了起來。

「妳也變漂亮了啊。而且也豐滿很多呢！」木棉樹也稱讚著靖樹說。

「你怎麼跟男人一樣，只留意看女生的胸部，真是沒水準呢。」靖樹對木棉樹翻了一下白眼。

「我才沒有什麼奇怪的想法呢。」木棉樹抗議道。「這是一種天生的母性魅力呀，妳也不用感到不好意思啊。」木棉樹不解人類為何總是會扭曲對於美麗事物的欣賞角度。

「其實，我今天來看你，是特地要來告訴你一件重要的事情。我雖然不能當一棵大樹，卻成功當了一位心理醫生。從下個星期開始，我便要到醫院實習了。」

「妳能這麼順利健康地成長，我很替妳開心呢！心理醫生是個什麼樣的工作呢？我倒是從未聽說過大樹會生病看心理醫生的。所以說嘛，人類真是奇怪又複雜的東西，活著對人來說，好像是一件痛苦的事。」木棉樹感嘆著說。

「可能是因為，人類遠離了大自然，所以心就開始生病了。」這是靖樹唯一能想到的答案。

「那妳要小心啊！不要跟人靠得太近，如果走得太近，也許妳也會被感染生病的。」木棉樹憂心地囑咐她說。

「好，我會注意的，我會盡量跟人保持一段安全距離。」靖樹用手指在自己身邊劃了一個半徑零點五米的圓圈。

在拜訪木棉樹之後，她順道去了鄰居張伯伯的家，她一直敲門卻無人回應。不知道為什麼，靖樹心裡突然湧起一份不安的感覺。

在離開之前，靖樹再次特意去跟木棉樹道別。「我要走了，你要好好保重啊。」

「妳也是呀。妳要記得啊，如果遇到困難，只要找到大樹，問題就能解決了。」木棉樹提醒她。

「我會好好記住這一點的。」她用力地揮手跟木棉樹道別。

靖樹回到家後不久，電話鈴聲便急速響起來了。

「請問是靖樹小姐嗎？我們這裡是第一醫院。」聽筒的另一頭一個陌生女聲客氣地說著。

第一醫院？靖樹直覺猜想電話應該是跟工作有關。「嗯。是心理治療部嗎？」

「不是。這裡是腫瘤科。」

腫瘤科？靖樹感到一陣愕然。

「請問妳認識一位張老伯嗎？他在緊急聯絡欄上填寫了妳的名字。」

「張伯伯……他怎麼了？」靖樹上午才去找過張伯伯，只是沒有找著。她當時已有種不好的預感，但沒想到這麼快便傳來壞消息。

「張老伯昨天被送進醫院，目前在腫瘤科的監察病房。如果可以，希望妳盡快過來一下，主治醫生說他的情況並不樂觀。」

「並不樂觀的意思是說張伯伯隨時會死嗎？」靖樹的心馬上一沉。

「這個我們也說不準。張老伯已經放棄所有形式的治療與搶救，我們擔心他的身體可能撐不了多久。」

「好的，我知道了！那我盡快趕過去吧。」

對方把電話掛斷。聽筒裡留下了長久的空洞鳴聲「嘟……」。這種聲音讓人聯想起病人心臟停止時，生命監察儀器發出的長鳴聲響。

「張伯伯，無論如何你都要等我，千萬不要不辭而別啊。」靖樹自顧自地對著已掛斷的電話說著。

在經過醫院大門時，靖樹看見許多台救護車在來回穿梭，醫護人員都朝急診室方向跑去，像是發生了什麼重大事故。為免妨礙救援工作進行，靖樹放棄搭乘電梯，改爬樓梯上到腫瘤科的樓層。監察病房的門並沒有完全關上。從門縫中，她看見床沿上坐著一個熟悉的背影。再三確認那是張伯伯後，她難以壓抑從胃裡瞬間湧上來的情緒，鼻子一酸，眼淚忍不住掉落下來。她趕快用手擦乾淚水，仰著頭大口地呼吸。待情緒稍為平復後，她才推門進去。

「張伯伯！」靖樹輕聲地喊著。

「靖樹！妳怎麼來了？」張伯伯轉過頭來，一看見靖樹，便露出一臉喜悅的笑容。

張伯伯是爺爺的好朋友，也是多年的老鄰居，可說是看著靖樹長大。聽說他從前是遠洋船員，年輕時熱愛自由不羈的生活，長年隨著大大小小的船隻，走遍世界各地。直到遇見了張太太，他才像從大海歸航停泊的船舶一樣，願意安定下來。雖然兩人一直沒有生兒育女，卻也是過著幸福愜意的倆人世界。直到兩年前，張太太因為急病突然去世，他又變回了孤家寡人一個。

靖樹上一次看見張伯伯，就是在他太太的喪禮上。張伯伯知道太太最愛美麗的鮮花，所以把靈堂布置得像婚禮現場一樣，滿是花海，原來本該是傷感的場面，變成一片溫馨浪漫。張伯伯在喪禮致辭時，把為何如此布置的原因告訴了大家：

「我太太生前最愛聽我說故事。所以，我今天要說一個在我年輕行船時候聽過的浪漫故事。傳說中有一種奇怪的鳥，全身都是鮮豔的顏色，黃色的身軀、紅色的嘴巴、藍色的眼睛。而最特別的，是雄鳥的尾巴上長有一根五彩繽紛的羽毛，雌鳥的頭頂上則長有一個五彩奪目的羽冠。這種鳥平常不易看見，因為牠們只棲息在會起霧的森林裡。山裡的土著把這種鳥當成是森林的愛情之神，稱牠們為愛情鳥。

「愛情鳥一生就只會找一個伴侶，當雄鳥遇到心儀的雌鳥後，便會用嘴巴啄下尾巴上的五彩羽毛，放在雌鳥身邊，送給雌鳥作定情信物，終其一生，也不會再長出五彩羽毛。當雌鳥跟雄鳥交配後，頭頂上的五彩羽冠也會逐一脫落，重新長出來的羽冠，也不會再帶有五彩顏色。

「愛情鳥在配成對後，都會出雙入對地生活在一起。雄鳥不會飛離雌鳥的視線範圍覓食，雌鳥也不會遠離雄鳥哺育幼鳥。如果不幸其中一隻死亡了，剩下的一隻，便會不斷哀叫，不吃不喝，直到死亡為止。曾經有一個獵人，不小心打死了一隻飛翔中的雌鳥，雄鳥就一直守在雌鳥旁邊，哀鳴了三日三夜，最後被發現死在雌鳥身旁，旁邊還放著當初雄鳥送鳥的五彩羽毛。」

張伯伯停頓了一下，眼中泛淚，語帶深情地說，「現場這些五彩繽紛的鮮花，其實代表了我身上的五彩羽毛，也是我對我最愛的太太，最後的送別。」

張伯伯在葬禮上表現地異常堅強，之後的生活，表面上看起來也沒有什麼異樣。但是，或許是由於太太的離世，讓他失去了生存的意志，連帶使得身體想要繼續健康地運作的動力也像消失了。本來一向身體壯健的他，竟然在短時間內出現了各種奇怪的惡疾。靖樹之前已經聽說過張伯伯生病的事，卻沒想到病情發展的速度這麼地快速，已經嚴重到要住進監察病房的程度。

「我明明已經吩咐護士長不要打給你。唉！她們的聽覺都像有問題似的，我想要的東西不給我，不要她們做的事全做了。」

「你有需要些什麼東西嗎？只要不是醫院裡的違禁品，我都可以幫你弄回來。」靖樹想要盡量滿足張伯伯的心願。

「沒什麼，就是想吃個蛋糕而已。」張伯伯興奮地說著。他的口味像個小孩子，喜歡吃甜食。

「那我可幫不了你，因為蛋糕也是在違禁品的清單上。」靖樹故作無可奈何狀地搖搖頭。

「現在連妳也欺負我這個老人家了。」張伯伯抿著嘴說。

「雖然沒有蛋糕，但這束花是特別買來送你的。」靖樹把藏在身後的一大束花遞到張伯伯面前。

張伯伯看見那束花後愣了一下。他終於明白太太為什麼說會拿著太陽花來接他離開了。原來他在瀕死時所看到的景象，以及太太跟他的約定都是真的。

「張伯伯，怎麼了？你不喜歡嗎？」靖樹看他呆了半晌，覺得奇怪。

「怎麼可能不喜歡啊！這麼漂亮的太陽花。只是活到這個年紀，從來沒有女孩送花給我，所以有點受寵若驚。」張伯伯開玩笑地說著。「妳知道太陽花的花語是什麼嗎？」張伯伯問靖樹。

靖樹搖搖頭。

「只要把臉朝向太陽，你便永遠不會看見陰影。」

「所以太陽花是光明的化身。你怎麼會知道這個的？」

「太太年輕時告訴過我。」張伯伯回憶著說。「太太很怕黑，所以她最喜歡的就是太陽花。」

靖樹這時也想起來了，當時在張太太遺照下放著的，就是一束鮮豔盛放的太陽花。

張伯伯知道，靖樹最害怕的就是看見親人離逝，自從爺爺死後，她有好一段時間都不敢關燈睡覺。也許對於靖樹來說，死亡就是全世界最黑暗的東西。他握住靖樹的手說：「其實，黑暗並沒有什麼可怕，因黑暗也是由光明生出來的。就如生命一樣，因為有死亡，生命中的人事物才會顯得珍貴、有價值，人才會努力去爭取，拚命去珍惜。如果人變成長生不死，生活就不再那麼有趣，日出、日落也不再美麗了。」

「我明白你的意思。」靖樹也緊握著張伯伯的手。

「所以，死亡是上天送給人的最後禮物。這也是我在太太的離開後才體會到的。我的時間差不多了。如果我真的離開了，妳不要太難過。」

「但是我心裡還是會難過啊。」靖樹忍不住留下了兩行眼淚。

「我這輩子已經活得很滿足了。前半生，自由自在地到處闖蕩，後半生，有幸遇到老太太真愛相隨，夫復何求呢！所以我已經準備好了，隨時都可以離開，我沒有恐懼、沒有不捨也沒有遺憾。」

「等我死了，妳只要哭一會兒就好了，千萬別難過太久。」張伯伯拿起紙巾替靖樹擦乾臉上的淚痕。「要是讓醫生跟護士看見，還以為我在做什麼壞事欺負妳呢！那我可就晚節不保了。」張伯伯逗她笑說。

「那個你早就沒有了。」靖樹忍不住笑了。「張伯伯，有沒有什麼事情是我可以幫忙處理的？」

靖樹想再為張伯伯做點什麼。

「人都要死了，還有什麼需要處理的？但是，我有一件東西想要交給妳，請替我跟老太太好好保管它。這是一個護身符，希望它能為妳帶來幸運。」張伯伯把聖甲蟲頸鏈送給了靖樹。

「這個……不是你們的定情信物嗎？太珍貴了，我不能收下的。」靖樹知道對他們來說，聖甲蟲是比結婚鑽戒更重要的愛情信物。

「當我在經歷瀕死的時候，我看見太太已經在那個世界等我了。」張伯伯喃喃自語地說著，然後用一種深情的眼光看著房門的位置。靖樹下意識地也望向那裡，卻什麼都沒看見。

「張伯伯，你在看什麼啊？」

「我在看只有我能看見的。」張伯伯帶著滿足的表情說著。「等我離世後，我跟太太的今生緣分就到此結束了，我們會在另一個世界延續我們的緣分，所以我們已經不再需要這條頸鏈。該是讓它牽起新緣分的時候了。緣分，就是當所有偶然的事情都跑在一起，結果就是注定了。」

張伯伯幫靖樹把頸鏈戴在頸上，「看來這條頸鏈很適合妳啊。」

靖樹看著聖甲蟲，突然好奇地問張伯伯：「你真的有看見你太太嗎？你剛才是說你經歷了瀕死？」

「怎麼妳跟那位實習醫生一樣，對這件事都特別感興趣的？」

「實習醫生？」靖樹聽得一頭霧水。

「嗯，你們一個是負責醫身體、一個負責醫心理，這樣說來，他倒是跟妳會是蠻匹配的一對。」張伯伯歪著頭，面帶微笑地盯著靖樹說。

「張伯伯，你到底是在說什麼啊？」

「我是在說昨天替我急救的那位實習醫生。他可是一位年青有為的帥哥醫生。若是我知道妳會過來，剛才就該問問他的名字。」

接著，張伯伯把在急診室接受搶救時所發生的出體經歷也告訴了靖樹。靖樹聽到後，才發現自己跟張伯伯的瀕死體驗，有著很多相類似的地方，這點也讓她對瀕死體驗，產生了更多的好奇心。但是此刻，她只想好好地陪伴著這一位她人生中最後的親人，陪他開心地度過生命中最後的一個下午，好好地告別彼此。

第九章　驚恐襲擊

逸辰

每件事情的發生，必定有其背後原因的，絕不可能是不經意的巧合或單純的不幸。

離開老伯的監察病房後，逸辰立即趕到了急診室。大批傷者擠滿了急診室通道兩旁，都在等候著治療。多名傷者的衣服滿是血跡，有的頭破血流，有的手腳骨折，還有受驚的小孩嚎啕大哭著。所有的醫護人員都在忙於替傷者止血及包紮傷口，眼見剛剛處理好一個傷者，救護車馬上又再送來兩個傷者。

逸辰找到了當值的護士長。「現在情況怎麼樣了？」

「兩個小時之前，在機場高速公路發生了三車連環追撞事故，其中一輛涉事車輛為公共巴士，載有大量乘客。巴士翻覆，司機與兩名前座乘客當場死亡，另有大批傷者正陸續送來救援治療。醫院已啟動緊急應變措施，但是由於今天是假日，後備當值人手不足，已經緊急召喚其他專科醫生回來幫忙，只是最快也要等上一個小時。」護士長急忙報告情況。

「科主任及其他急診室醫生呢？」逸辰正覺得奇怪，為何急診室的醫生們都不在。

「有一名老翁心臟病發，科主任在一號房正進行搶救。另一名傷者肝臟、胰臟破裂，嚴重內出血，兩位當值醫生在二號房進行緊急手術，另外一位醫生被安排到事故現場指揮救援，現在急診室裡就只剩你一位實習醫生了。」

「我明白了。現在先將急診室病人分流，按緊急及嚴重程度分別掛上1、2、3號標籤作識別，我來負責1號優先病人，護士們分批處理2及3號傷者。在援助到來之前，大家保持冷靜，不要慌亂。」逸辰有系統地安排工作程序。

逸辰安排了胖護士在旁協助他，他只用了極短時間，便已經為大批傷者作準確診斷。雖然傷者數量眾多，幸好大多數人都是不嚴重的骨折及外傷，僅需小心處理傷口及做簡單的縫針。護士長看在眼裡，隱約感到逸辰有一種特殊的能力。

「逸辰醫生，麻煩你過來一下。」護士長把逸辰帶到其中一個治療室。「這名傷者突然出現氣促，他的血壓及血氧值正在下降。」護士長察覺傷者出現了異常情況。

「他的面色發白，口唇微紫，是明顯的缺氧徵狀。」逸辰看著病人的臉色，說出這樣的判斷。

「要安排做X光及胸腔造影嗎？」護士長建議說。

逸辰脫下眼鏡，他看見傷者的肺部氣息出現異常，生命氣息也在迅速減退。他用聽筒檢查傷者的胸腔，聽見些微泄氣的摻雜聲。再用手敲打胸膛側部位置，傷者痛得大叫起來。

「傷者的維生指數已跌近危險邊緣啊。」胖護士緊張地報告。

「撞擊令他的左下肋骨折斷，刺穿了胸膜。因為空氣不正常積壓於胸腔，導致肺葉跟胸壁分離，嚴重影響了呼吸及血氧運送。」逸辰把診斷結果說出。

「那怎麼辦？要加大輸氧嗎？」胖護士問。

「這種情況下，直接輸氧並沒有作用。要盡快動手術處理張力性氣胸。」

「但是幾位急診科醫生仍在進行緊急手術，根本無法分身處理啊。」護士長也焦急了起來，她接著說：「我馬上聯絡醫院的胸腔外科醫生。」

「傷者出現休克，血壓下降至六十／三十。」胖護士急忙報告著。

護士長趕回來說：「已經通知胸腔外科主任，但是他最快也要十五分鐘後才能到達。」

逸辰再以聽筒檢查傷者的狀態。「傷者出現張力性氣腔，心臟及肺部靜脈均受到擠壓，造成了回心靜脈血流受阻。不能再等了，他必須馬上進行胸腔穿刺，抽出胸液和積氣，以減低胸腔膜內壓力。」

「逸辰醫生，這次跟上次老伯的情況並不一樣，因為按照醫院規定，胸腔刺穿手術必須由符合資格的醫生才能執行。」護士長面有難色地提醒逸辰。

「在這樣下去，他的心跳隨時會停止，到時再進行急救也起不了作用。不要說十分鐘了，傷者可能連三分鐘也撐不過去。」逸辰說著。

「我們能再等一下嗎？」護士長還是不敢輕舉妄動。

「如果不現在及時進行穿刺，他的腦細胞也會因缺氧而嚴重受損，最後即使能救活，恐怕也會變成植物人。」逸辰決定不耽誤任何時間，馬上吩咐胖護士先準備穿刺用具。

「逸辰醫生，你這樣做可能會受到紀律處分，如果有任何閃失，更需要負上法律責任啊。所以請你再三考慮。」護士長擔心逸辰是一時情急，沒有考慮清楚後果。

是要趕快救人？還是要見死不救？此時逸辰心裡閃過一絲的猶豫。

「逸辰醫生，穿刺手術用具已準備好了。」胖護士在旁說。

一聽見胖護士的聲音，逸辰馬上就回過神來，人命當前，他可以接受自己犯錯，卻不能容許自己拖延。逸辰戴上消毒手套。「動手吧，所有的責任就由我來承擔。」

「我明白了，我會盡力協助你的。」護士長也馬上開始著手準備。她知道，如果自己是逸辰醫生，她也會做出同樣決定。

逸辰沿著傷者胸膛的左腋後綫，成功找到第七、第八條肋骨的間隙。只是，他對於穿刺點的位置不太有把握。他決定從頭再來一次。

他深吸一口氣，集中精神看著兩條肋骨的間隙。忽然間，腦海裡浮現出一些從未見過的影象片段。那是十二年前的急診室情境。他看見童年的自己已經陷入昏迷，身體嚴重缺氧，同樣出現了嚴重的肺水腫症狀。爸媽焦急地站在急救房外，急迫地懇求當時的急診科主任，拜託他無論如何也要把垂死的自己救醒。幸好急診科主任及時為他做穿刺手術，把他的性命保住了。他看見科主任如何進行穿刺步驟，每一個細微動作也看得一清二楚。

逸辰在肋間肌皮膚上看見了穿刺點的位置，並以藍色十字作標記。他按照腦海中的「記憶」，一步步地進行著，先以第二、三手指固定藍色穿刺位置，另一手則持穿刺針緩緩刺入。他小心感應針鋒遇到的抵抗力，刺得相當深入，直至抵抗力完全消失才停止。

同一時間，護士長將胸穿刺針與抽液用注射器接上，把開關保險制栓緊，再小心測試兩者之間已封緊閉合，沒有漏氣。

「穿刺已經完成，打開連接開關，進行抽液。」逸辰指示著說。

護士長打開開關閥。淡黃色的液體經導管從胸腔流出，再進入注射器。逸辰再以止血鉗把穿刺針固定，防止刺針滑動損及肺部組織。整個穿刺引流順利完成。

「血壓開始回升了！」胖護士在旁興奮地說。「上下壓為一百／七十。血含氧值也回復正常水平。傷者已脫離生命危險。」

「先繼續觀察傷者，留意他的血壓。」逸辰吩咐著。

突然間，急診房的布幕被拉開，胸腔外科的陳主任衝了進來。「病人的情況怎樣？準備好穿刺針了嗎？」他急促地問著。

「病人的情況已經穩定下來。穿刺手術已經完成了。」護士長向陳主任簡報傷者情況。

陳主任再詳細地檢查一次。他心裡暗暗嘆道：針刺位置與深度十分準確，傷口連出血也沒有，是非常高明的外科技術。

「先將傷者送上胸腔外科病房繼續觀察，他仍有可能出現感染併發症。」陳主任吩咐說。

「知道了。」護士長立刻安排人手把病人送上病房。

「穿刺做得非常完美。是急診科主任負責的嗎？不是說他在進行搶救嗎？」陳主任好奇地問。

護士長遲疑了一下，不知如何回答。

「因為病人嚴重缺氧，血壓驟降至危險水平，所以是我決定為他馬上進行穿刺的。」逸辰出聲回答，他不想讓護士長為難。

陳主任看著逸辰，也看見他的實習醫生名牌，「這個穿刺是你做的？」他先是一臉不相信，接著馬上臉色一沉。「你知道實習醫生是不能在沒監官情況下進行穿刺手術的嗎？」

「我清楚知道醫院的守則，但是當時傷者的生命危在旦夕，無法再等下去。」

「如果出了事故，所有的責任由你來承擔嗎？」陳主任本就是一個出名的老頑固，做事循規蹈矩，凡事非黑即白。在他的世界裡，是很難找到所謂的灰色地帶。

「我會對此事負全部責任。」

「你只是個實習醫生，承擔得起嗎?!」陳主任不只是眼神嚴厲，聲線也同樣嚴厲。「醫生的工作就是要講求制度，遵循專業守則，絕不容許魯莽的英雄主義。」

「我並不是在逞什麼英雄，只是想要用一切可行辦法，盡力去拯救病人生命。」

「你不要以為一次僥倖救活了病人就是你做對了。你只是把病人當作實驗品，拿病人的生命作賭注，根本就是不負責任的行為！」

「如果眼看著病人明明是可以救活的，卻因為迂腐的規則而拖延救援，最終令病人失去生命，那才是違背了當醫生的原則吧。」逸辰忍不住把心裡話說出。

面對逸辰的當眾反駁，陳主任覺得他是在挑戰自己的權威。如果他不好好教訓這個不知輕重的實習醫生，事情傳出去，他的面子不知該往哪裡放。

「你魯莽獨斷的處事作風根本不適合在醫院工作。我會把事情報告院長及醫務委員會。到時候，你再發表你的偉論吧。」

胖護士聽到陳主任的話後有點心急，忍不住開口為逸辰辯護。「主任你誤會了，當時的情況……」可是話未說完，便被陳主任狠狠地打住了。

「這是醫生的事情，輪不到護士發表意見。只管做好妳的份內事。」陳主任把憤怒的情緒轉移發洩在胖護士身上。

這話擺明了就是瞧不起護士！胖護士也給氣炸了，正想要開口跟陳主任理論，卻被逸辰攔阻下來。「這是我個人的決定，跟急診室其他人無關，主任就不用難為其他人了。」

護士長見情勢不妙，馬上上前藉故要替逸辰解圍。「陳主任，外面還有很多病人需要處理。四號房的病人有點突發狀況，你可否先過去看一下？」

只是氣急敗壞的陳主任不打算輕易地放過逸辰。「我對你作為醫生的專業判斷十分懷疑。以你的狀態，現在並不適合處理病人。我會接替你在急診室的後備當值工作。你先行回去吧。」陳主任就是要把逸辰趕出急診室，否則難洩他心頭之憤。

逸辰雖然想留下來幫忙，但考慮到陳主任正在氣頭上，與他爭論並不會對於病人有所幫助，也不想令護士們為難，所以決定先行離去。只有這樣，急診室才能變回一個單純救人的場所。

第二天早上，逸辰如常地回到急診室。急診科張主任早已在診症室裡等他。

「張主任，有事情找我嗎？」逸辰看見張主任的突然到來，心裡已經猜到張主任是了昨天的事而來的。

「逸辰，胸腔外科主管把昨天的事故報告了醫務委員會，委員會決定先暫停你的急診室實習職務，直至紀律聆訊完成為止。」張主任面有難色的說。

「我明白了。我先收拾一些東西，馬上就會離開。」

「我沒有這個意思，請不要誤會。」張主任怕逸辰意氣用事，輕按著他的肩膀。「作為急診室主管，但對此事我卻無能為力，實在很抱歉。」

「這件事根本不是主任的責任。是我的處事手法跟醫院的規章制度不相容而已。」逸辰知道在制度這巨輪下，張主任也只是愛莫能助。

「我是絕對支持你昨天的決定。坦白說，你的行動讓我想到當初想要成為醫生的初衷與抱負。」接著，張主任輕嘆了一口氣。「只是有時候，醫院除了是一個救人的場所，也是一個充滿權力鬥爭的地方。」

「我明白你所說的話。」逸辰早在醫學院就聽說過醫院的派系問題。

「不要擔心紀律聆訊的事。院長也是從急診室出身的外科醫生，我相信他跟我的想法都是一樣的。」

在張主任離開後，胖護士馬上衝了進來。

「那個胸腔外科主管是個出名的勢利鬼，最愛欺壓新來的醫生與護士，所以不用把他的屁話放心上。我們整個急診室都支持你的！」胖護士像是為他打氣一樣。「我跟護士長都會為昨天的事作證的。」

「你們的好意我心領了。」

逸辰擔心胖護士一時衝動，為了這件事去跟陳主任理論，連忙補充說，「妳當護士是為了幫助病人，醫院也是一個救人的場所，我不希望你們為了我，而替自己惹上什麼不必要的麻煩。」

「好吧，我知道了。」胖護士輕抿著嘴巴。她明白逸辰不想因此連累其他人，便不再多說什麼。

逸辰脫下醫生用的白袍，神色黯然地離開了診症室。胖護士看在眼裡，心裡有點難過。

逸辰沿走廊打算離開急診室，走到一半，卻突然煞停了腳步。他再次看見了那個白衣少年，那少年就在走廊盡頭快速地跑過。這一次，他很肯定自己不是眼花，他打定主意要追上去看個究竟！逸辰急步追上前去，但是在拐了兩個彎後，卻失去了白衣少年的身影。一個人不可能就這樣突然消失的，少年一定還在這裡。急診室的走道四通八達，有如迷宮一樣，如果不熟悉地形，即使是醫院裡的員工也常找不到房間。這樣看來，白衣少年非常熟悉這裡的環境。

逸辰守在急診室的後長廊，這也是白衣少年最後失去蹤影的地方。後長廊一面是牆壁，另一面是一整列房間，他往前逐一小心查看，發現所有的房門都是鎖著的，根本不可能有人匿藏在裡頭。而在走廊盡頭，有一個隱蔽的逃生出口，亦只有這道逃生門沒有上鎖。他按下門把，將逃生門慢慢往外推開，不想造成太大的聲響。門後是一條防火用的逃生樓梯，樓間十分狹窄，勉強就只能容納一至二人。這似是從舊建築保留下來的樓梯，但是因為早已被棄用，所以就用作後備的緊急逃生路徑。只是大部分的急診室醫護人員，包括逸辰，根本不知道這條逃生樓梯的存在。

雖然樓梯間的牆壁設有逃生照明，光線卻異常昏暗。這是因為在戰爭期間，電力嚴重短缺，大樓只好換上最低瓦數的燈泡作照明。

逸辰探頭從樓梯的中間隙縫往上看，看見逃生梯迴旋往上延伸，連接著各樓層的後門，一直通往大樓天台。突然，他聽到一下關門的聲音，像是從最頂層傳來的。他馬上沿逃生梯跑上去。他越跑越覺得哪裡有不對勁的地方，雖然他是第一次進入這逃生梯間，但是卻對四周的環境有種說不出的熟悉感覺。他突然感到頭皮發麻，心頭升起一股寒顫，他回想起了噩夢中的神祕管道。

但是，他此時已經顧不了這麼多，如果現在不追上去查個究竟，他可能再也沒有機會解開白衣少年的謎團。他決定先爬到頂層，梯間的頂層就是通往大樓天台的出入口，那裡有一道已經銹蝕的鐵門，掛鎖不知什麼時候被誰打開了。

他推門走了出去，外頭強烈的日光令眼睛一陣暈眩，等到瞳孔再次適應，視野焦點才重新回來。天台上什麼也沒有，沒有人、沒有植物，就連垃圾也沒有，感覺一片荒涼。地面都被一層灰塵所覆蓋，好像已經很長一段時間沒人到過的樣子。那裡除了風以外，看不出會有什麼可能的訪客。這個天台，就跟他夢境裡的天台幾乎一樣。

他放棄了搜索的念頭，因天台上並沒有可以匿藏的地方。他來回走了一圈，雖然沒有發現噩夢中的鳥居，但卻在中央位置的水泥地上，看到兩個柱根被拆卸後遺下的痕跡。難道那個絞刑台曾經真實存在過嗎？

這時，一隻烏鴉不知從那裡飛來，就停在天台的矮圍牆上，目不轉睛的盯著他。那雙烏黑亮麗的眼珠流露出一股不祥的氣息，讓他回想起噩夢中的大黑鳥。烏鴉開始發出尖銳的啼叫聲，令人耳膜一陣刺痛。不知為何，他的心跳得越來越厲害，連呼吸也差點喘不過來。

逸辰開始感到混亂，他既解釋不了眼前所發生的一切，更接受不了噩夢場景跑到現實世界這個可能性。他不但因那場噩夢而變得過敏抓狂，甚至對站在這天台的自己都感到陌生。他突然分不清現在究竟是在夢裡還是現實，感覺自己像是變成了白衣少年。噩夢的景象又再回來了，那種絕望無助的哀傷感覺緊緊地掐住了他的脖子，讓他窒息……

逸辰開始感到雙眼發白、一陣暈眩，心臟開始劇烈地抽搐絞痛。他以雙手緊掩著胸口，全身酥軟乏力，整個人跪倒在地上。

突然，他聽到一些怪聲從大門方向傳來。「噠！噠！噠！噠……」那聲音好像是彈珠掉落在地上，並逐漸地朝他靠近。他勉強抬起頭看去，只看到一團朦朧的白影在大門前面。

就在他快要暈倒失去意識時，有誰一手把他抓住了。

那個誰不停在逸辰的耳邊喊話，只是他沒聽出說話的內容。他想要張口說些什麼，卻連簡單的聲音也發不出來。那人嘗試將他從地上攙扶起來，只是並沒有成功。他只好把頭靠在那人身上。時間過了大約三分鐘，他的身體開始恢復過來。

當逸辰的感官逐一回復正常後，他首先聞到的是女性汗液獨有的體香，他的右邊臉頰正靠在一雙豐滿柔軟的乳房上。視覺的焦點再次回復清晰，他才發現，那個人原來是胖護士。

「謝謝妳，我已經沒什麼大礙了。」逸辰趕緊把頭從胖護士的胸前移離，坐在地上休息。

「逸辰醫生，剛才到底是怎麼一回事？你不會是突發性心臟病吧？」胖護士有點驚魂未定。

「應該不是心臟病。如果我沒有判斷錯誤，剛才只是一次驚恐發作（panic attack）。」逸辰試著冷靜地分析自己的情況。

「驚恐發作？」

「就像身體突然遇到恐怖襲擊一樣。」逸辰用最簡單的方式解釋。

身體在毫無預警的情況下，因為突然出現的極度恐懼、緊張，造成自律神經的過敏反應，如血壓驟升、心率改變、顫抖抽搐等。一旦恐慌情緒跟過敏生理反應形成惡性循環，便有可能引發災難性的身心崩潰，嚴重時更會有強烈的窒息感，就像感到快要休克或死亡。

「你怎會跑上天台上的？」胖護士補充說，「剛才我看見你在走廊追著誰似的，但是一拐過彎後，你就不見了。我在後長廊撿到你的醫生白袍，擔心出什麼事了，所以便沿逃生梯找上來。」

「我看見了那個白衣少年，所以便追上來。」

「怎……怎麼可能！」胖護士瞪大了圓圓的眼睛，簡直不敢相信自己的耳朵。「你知道嗎，十二年前，那個少年就是沿這逃生樓梯偷偷跑到天台自殺的。所以大家都不敢靠近後長廊，特別是那道逃生門。」

「其實，這一切都是源於一個重複出現的噩夢……」逸辰簡略地把事情告訴了胖護士。

「那就是說，十二年前的少年鬼魂回來了嗎？」

「我也想要查清楚這事。先不說世間上有沒有鬼魂，我相信，每件事情的發生，必定有其背後原因的，絕不可能是不經意的巧合或單純的不幸。」

「但是這件事已經超出一切合理的解釋啊。」胖護士像是突然想起什麼似的，「對了！我的表妹就是專門研究靈異事件及超心理現象的。她在大學心理研究所工作，或許我們可以找她幫忙，說不定能查出白衣少年出沒的真相。」

「但是我不想把事情弄大。」逸辰擔心鬧鬼傳聞只會為急診室惹來不必要的騷動。

「我會跟她說要保持低調的。她對靈異現象十分著迷，一定會感興趣的。」

「好吧，反正我也想不出其他的辦法。」逸辰再次站起身，此刻身體就像什麼事也沒發生過一樣地正常。「妳趕快回去急診室工作。我可以自己離開這裡，你不用擔心。」

胖護士看一看手錶，才驚覺自己離開工作崗位已好一段時間了。「那你自己小心一點。」之後，她便急步先行下樓回去。

逸辰離開了天台，回到醫院主座大樓。他一邊走著一邊在想：剛才的驚恐發作其實是一個警訊，這表示白衣少年跟噩夢已經開始影響到他的生活與工作，如果剛才的驚恐發作是發生在執行手術的時候，那麼後果將不堪設想。所以，他必須要認真地去做點什麼才行。

正當他想得入神之際，就在醫院樓梯的轉角處，不小心撞上一名女生。那女生樣子清純漂亮，束著一頭馬尾長髮，穿了一件白色緊身蕾絲花邊內衣，套上薄紗寬口粉色上衣。從微開的領口看進去，一對豐滿堅挺的乳房露出了一半，性感的乳溝若隱若現。

逸辰緊盯著那女生的胸脯，但是，真正吸引他的，並不是女生半露的乳房，而是她胸前的聖甲蟲吊飾。他清楚地記得，那吊飾是在急救時從垂死的老伯手中取出來的，昨天他才把吊飾歸還老伯。老伯說過那是送給太太的護身符信物，即使在臨死前一刻仍抓緊不放。只是現在卻跑到那女生身上。合理的推論只有一個，就是老伯已經過世了，而女生就是老伯口中的鄰家孫女。

女生在撞到逸辰當下馬上說：「對不起啊！你沒事吧？」同時間也發現逸辰用奇怪的眼神正盯著自己的胸口看。

聽見這個女生在跟自己道歉，逸辰馬上回過神來，連忙地說：「對不起啊！妳還好嗎？」

第十章 靈異實驗室

靖樹

真相與幻象之間並沒有一條清晰的界線，從某方面來說，真相或許只有一個，就是每個人所選擇相信的，就成了心中的唯一真相。

離開醫院後，靖樹沒有立即回家，而是返回大學。她到達心理系大樓時，天色已經昏暗，樓層裡所有的辦公室都已經關燈上鎖，整條走廊看起來空空如也。她朝著緊急出口的燈箱走去，燈箱正散射出詭異的綠色光芒，令周圍氣氛變得更加陰森。在快要到達逃生門前，她停下了腳步，那裡有一個非常不起眼的房間，門旁立著一個牌子，寫著「靈異實驗室」。

實驗室的門虛掩著，表示裡面應該有人，卻沒有光線從裡面透出。靖樹把耳朵靠近房門，也聽不見有任何聲音或動靜。她還在盤算要不要敲門之際，房門突然從裡面被用力推開。

「嘩！」靖樹首先尖叫了一聲。

「嘩！」房內的人也跟著大叫了一下。

靖樹看見一個身穿白衣，頭戴一副奇怪長筒眼鏡的女人，站在昏暗的門旁，與其說看起來有點像鬼，更像是外星人。

「妳見鬼啦？幹嘛大叫啊？」房內的人先出聲罵道。

「我會大叫都是因為妳啊！我差點被妳嚇死了，妳這一身裝扮是在幹什麼啊？」靖樹看到房內人的裝扮，覺得好氣又好笑。

無雙把那副奇怪的眼鏡脫下，再把房間的燈全部打開，現場原本陰暗恐怖的氣氛頓時消失。

「我正在做實驗啊，難道妳以為我一個人在開化妝舞會嗎。」

「妳又在做什麼實驗？那到底是什麼東西？」靖樹指一指工作枱上的奇怪眼鏡。

無雙在大學畢業後，由於她在研究調查方面做得十分出色，所以系主任邀請她加入了大學的心理研究所工作。只是，她對於一般心理學的學術理論研究並不感興趣，她的實驗室項目都是以超心理或靈異現象作為研究目標，所以索性把實驗室稱為「靈異實驗室」。

「我正在做一項測試。這個東西是一個光譜分析儀器。」

「光譜分析儀器？」

「嗯，就是測量並分解物體反射出來的組成光綫。」無雙解釋著說。

「那妳是在測試什麼東西？」

無雙從玻璃架上，拿起一塊黑色圓形物體向靖樹展示。

「這不是什麼礦石之類的東西嗎？」靖樹看不出這塊石頭的特別之處。

「這塊石頭是我從一個道場買回來的。那裡的道士說，他懂得煉丹神術，他能把月亮的能量注入到石塊裡。他所提煉出來的石塊，不但能止痛治病，更可以激活細胞，令壞死的組織再次生長。很多病人都慕名而去，試過之後都說效果超神奇。而且，有一些連醫院醫生都束手無策的惡疾痛症，也都奇蹟般地好轉過來。」無雙一邊說一邊把石頭又放回原處。

「這不太可能吧？世間上哪有什麼煉丹神術。」靖樹疑惑地問道。

「當然沒有，否則醫生還有個屁用嗎?!我肯定這只是一種心理騙術。」無雙語氣篤定地說著。

「那妳查到什麼了嗎？」靖樹又問。

「其實這些都只是普通的火山礦石，而不是什麼月亮神石。火山礦石能夠釋放出微量輻射線與高量的遠紅外線，那才是這些石頭塊的神祕療效來源。」無雙回答說。

遠紅外線早就已經廣泛地被應用於醫療儀器裡，對於物理治療與傷口癒合都有良好效果，所以又被喻是生育光線。只是，遠紅外線的波長 4-1000 微米，位於人類可見光譜的紅光之外，除非用上特別的測量儀，否則用肉眼是察覺不到的。

「我用種子做了一項實驗。先將相同的種子，分別放入兩個盆子栽種，並在其中的一盆裡放入這個能量石塊。五天之後，那些放有能量石塊的種子，真的全都長出新芽，生長速度遠超過沒有放石塊的種子。」無雙向靖樹展示那兩盆植物，左面的一盆正旺盛地發芽生長，而右面的只有微弱的生長跡象。「石塊所釋出的遠紅外線，能有助植物胚芽的酶活化，所以加速了種子的發芽及成長。」

「即使是這樣，遠紅外線頂多能改善人體的免疫系統，對於神經性或循環系統方面的疾病會有幫助，又哪來的奇蹟療效呢？」靖樹覺得如果只是遠紅外線，應該起不到那麼大的治療效果。

「妳還真別說這不可信。那個道士真的治好過不少人，而且，病人的痊癒也是千真萬確。只是，真正的奇蹟治療能力並不是來自道士，或是那些石塊，而是來自於病人本身。」無雙說。

「來自於病人本身？」靖樹還是有點不明所以。

「應該說，是病人自身的信念把自己治好的。」無雙其實是找出了神祕面紗下的自癒真相。「我仔細觀察過了，道士其實是透過某些儀式，激發起病人的療癒信念，只要病人的信念夠強大，就能產生出自我療癒的身體反應。這就類似是心理學上的安慰劑效應。」

安慰劑效應，可以說是一種違反科學與醫學原理的奇異現象，曾被視為心理學上的一大不解之謎。它所表現出的現象是，雖然病人只接受了毫無治療藥效的替代劑（即所謂的安慰劑，往往只是普通的維生素或葡萄糖），但是，病人基於全然地相信或預期安慰劑的效用，而產生出與真實藥物類似的治療效果。安慰劑效應已經被現代醫學證明是確實存在的心理生物學現象，許多科學家認為，如果能夠善加利用安慰劑效應，或許它能夠成為一種最強效的自我療癒的手段。

「照這麼說來，這其實並不是什麼新鮮事了，古時的巫師、術士都可以說是這樣替人治病的。當神醫的名氣越大、收費越高昂，相信他的人也就越多，最後所能產生出的療癒信念也就相對地提升。」靖樹回應說，「所以擁有一顆願意全然相信的心，才是病人的自癒魔法。」

「雖然這個道士是真的幫助了不少人，但那畢竟不是真正的特異能力，而是利用一些伎倆，創造出強大的安慰劑效應而已。」無雙最討厭的，就是這種裝神弄鬼之徒，專門利用他人的無知與害怕來詐取金錢。

「如果真相被妳揭穿了，說不定那些已康復的病人會馬上舊疾復發的。」靖樹笑說。

「那可就真是罪過、罪過了，阿彌陀佛。」

「先不要說這個了。我來找妳其實是有一件事想向妳請教。」靖樹表情認真地說。

由於靖樹很少這樣突然來訪，無雙也有點擔心地問：「妳該不會是發生什麼事情了吧？」

「其實，就在兩天之前，我經歷了一次瀕死經驗。」靖樹語氣平靜地說。

一聽到「死」字，無雙的神經馬上變得緊繃起來。「妳在說什麼啊？」反應一向極快的無雙，第一時間想到的，就是兩年前那位印度 Guru 所說的死亡預言。

「兩天前，我險些被一輛計程車撞到，在意外發生期間，我感覺我的……靈魂曾經短暫飛離身體，到了一個像末日的死後世界。」

無雙聞言馬上摸一摸靖樹的額頭，想確定她是否正常。「妳不要嚇我啊。妳是否還記掛著那個死亡預言，所以產生了什麼幻覺或妄想？」

「那不是幻覺，是真的！我是真的差點死掉了……」她的話還未說完便被無雙打斷了。

「那個Guru的預言不可能是真的！我調查過了，整個納迪葉占卜可能只是一場騙局，甚至是一場舞台式的催眠啊。所以他所說的話，並不是絕對會發生的事情！」無雙語氣有點激動了起來。

自從那次畢業旅行回來後，雖然兩人都沒有再談及納迪葉占卜的事情，無雙卻一直對此耿耿於懷，總覺得自己平白無故地為靖樹增添了一個像魔咒般的心理負擔。為此，她對納迪葉占卜做了深入的研究調查，並把所有的反面證據都找出來了。只是她一直沒有把調查結果告訴靖樹，她以為靖樹早已把這件事給忘了，但沒想到兩年後的今天，靖樹竟會突然跑來跟她重提有關死亡的事情。

不等靖樹回答，無雙又搶著說，「妳試想，能夠在芸芸幾十億人口中，被古代聖哲選中並為妳寫下預言，對大部分人的來說，這是一件多麼難能可貴的事啊。光是聽見自己原來是一個什麼重要的人物，就足已令人感覺飄飄然了。一旦被占卜師植入了這種想法與感受，妳就很容易就被牽著鼻子走了。而且為了增加占卜的可信性，占卜師在開始前會先設下一些心理暗示。助手會要你先印下姆指指紋，編說這是用來尋找靈魂部落的獨特印記。就在等候的過程中，人們就會不自覺地產生期待與焦慮感，從而深信葉子是在幾經辛苦下才能找得到的。當一個人越想看到自己的葉子，就越容易掉入這種自我催眠的圈套。

「然而，這只是一個幌子，目的是令人要好好合作，回答接下來的一連串關鍵問題。占卜師會有系統地提出不同的問題組合，雖然妳只需回答是或不是，但是只要透過統計學上的消去法，便可輕易地得出百分百準確的個人資料。加上來看占卜的人根本就不懂泰米爾古文，占卜師便可以把蒐集到的資料精準地套在葉子上的內容，即使所說的內容與紀錄不符，也不會被識破啊。

「妳知道詐騙的基本原則是什麼嗎？就是被騙過一次的人，通常會被騙第二次，或一直被騙下去，信者恆信啊。當然，占卜師也會細心觀察妳的反應，如果發現妳在過程中有所懷疑猜忌，就用找不到葉子為理由，輕鬆把人給打發掉，只留下願意上鉤受騙的客人。」

「無雙，妳先聽我說啊！」靖樹見無雙一股腦地說個不停，只好以雙手按住無雙的肩膀，像是要把她按停住。「我不是在說納迪葉占卜的事情。」

「那妳到底想說什麼啊？妳不是說自己要死了嗎？」無雙這才冷靜下來問道。

「我是說，我在發生交通意外時，經歷了一次瀕死經驗，那是心理學上所說的『瀕死體驗』，不是在說我真的死了。」

「瀕死體驗？我還以為妳還一直記掛那個死亡預言呢。」無雙不好意思地抿了抿雙唇。

「我知道妳最喜歡研究超心理現象的，所以，才想過來跟妳討論這件事情。妳對瀕死經驗有什麼看法或瞭解？」

無雙認真地想了一想後說，「瀕死體驗可說是心理學上一個極具爭議性的題目，通常都跟宗教及鬼神之說扯上關係。由於瀕死是屬於突發性及一次性，既無法預料亦不能複製，所以這方面的科學證據其實十分缺乏。」

「那麼，妳覺得瀕死是真有其事，或只是當事人的幻覺而已？」靖樹試探性地問無雙。

「坦白說，我對這個領域也不是很懂。瀕死一向被列入難以理解或證明的人類精神領域，除非能夠親身體驗，否則難以用言語或文字準確表達。不過曾有不少超心理研究指出，當人經歷瀕死時，靈魂會離開身體並進入另一次元空間。在那異度空間，感官認知將會不受制於物理規則，只要起心動念，靈魂便能隨意遊走於平行時空之中。」無雙也很想知道那究竟是怎樣的一個世界。

於是，靖樹詳細地把之前發生的交通意外，以及張伯伯的搶救經過告訴了無雙。

聽完靖樹的故事，無雙從口袋拿出香菸盒，用火柴點起一根香菸，含在嘴裡深深地吸啜一口。

「妳是否相信我剛才所說的一切？」她知道無雙向來都抱持著證據第一的態度。

「我相信妳及張伯伯所說的經歷都是真的。也許大家都以為我是科學的信徒，但我真正相信的，卻是科學以外的未知與可能。我比誰都相信有靈魂的存在，甚至渴望可以親身體驗到真正的靈異現象。」無雙坦白地說出自己的心底話。

「所以妳才會成立靈異實驗室。妳努力揭穿那些裝神弄鬼事件，其實正是想要證明靈異現象的真實存在。」

無雙從口中吐出一大團濃稠的煙霧，半透明的白茫茫一片。她半瞇著眼睛一直注視裊裊上升的煙團，白色煙團在空中急速飄過，乍看之下，與大家所描述的靈魂出沒倒有幾分相似。

「但是，想要證明靈魂的存在與否，恐怕就跟證明神的存在一樣的困難。」無雙有感而發地說著。

「同樣是欠缺科學證明，人類卻寧願相信神的存在，而不願接受靈魂的存在可能。」靖樹回應說，「真相與幻象之間的界線到底是什麼？從某方面來說，真相或許只有一個，就是每個人所選擇相信的，就成了心中的唯一真相。」

「科學研究所牽涉到的，不單單只是尋找真相這麼簡單，當中還有更多隱藏在真相底下的潛在利益與權力鬥爭。所以說嘛，人可是比鬼還要恐怖呢！」

靖樹看著無雙背後空蕩漆黑的長廊，突然感到一陣寒意。「我們先離開這裡再說吧。我感覺這裡好像陰森森似的。」

「嘿，妳不是才死過一次嗎？連自己都差點變成厲鬼了，還怕什麼啊！」無雙白了她一眼。

「要是我真的變成厲鬼，一定會回來纏著妳不放的。」

「這倒也不錯啊，至少每晚有妳陪我做研究。」

「真的是鬼也怕了妳啊。」靖樹推著無雙一起離開心理系大樓。

踏出心理系大樓，無雙打了個大大的呵欠後，馬上像換了個人似的，「做了一整天實驗，肚子空空的。我們一起去吃烤肉好嗎？」

「我也餓了，那就好好吃一頓吧。」靖樹同意地說。「我請客。」

「妳早說嘛，快走！」

兩人才剛在烤肉店坐下，無雙便迫不及待地叫服務員下單。

「先來一份干貝奶油燒、一份牛脊背特選菲力、一份蔥花薄切牛舌頭、一份味噌豬大腸頭、一份鹽燒五花腩肉，再加一份黑糖地瓜和小黃瓜泡菜。還有兩瓶冰啤酒。要快點啊！」無雙一口氣地點完菜。

「妳也太誇張了吧！好像剛從監牢放出來一樣。」靖樹取笑著說。

「妳都不知道我工作有多辛苦啊。唉……我明明可以靠臉吃飯，可為什麼偏偏選擇了靠才華。」無雙搖頭輕嘆著。

靖樹聽到後，差點沒把口中的啤酒噴出來。

無雙瞪著她說，「妳也不用這個反應嘛，我的內心真的快崩潰了……」

「那妳就盡情地吃，寧做一隻飽鬼也不要當餓鬼啊。」

「這倒是真的。」

之後，兩人毫不客氣地把一整桌子的食物全部吃光。她們點了續瓶的啤酒，繼續討論有關瀕死的事情。

「對了，妳之前說在妳靈魂出體時，不是有聽到爺爺的聲音嗎？」無雙問靖樹。

「我肯定那是爺爺的聲音。是爺爺把我喚回現實世界的。」

「張伯伯也有同樣的經歷啊，他也是被太太叫回現實去的。」靖樹補充說著。

「我在瀕死研究報告中也讀過一些類似的個案，不少瀕死者都表示曾碰見已死去的親人或朋友。難道人死後還可以用另一種形態存在嗎？死後世界到底隱藏了什麼祕密？」無雙好奇地問道。

「我相信那不是因極度思念而產生出來的幻覺，也跟宗教信仰無關。如果從心理學角度看，我感覺瀕死體驗更像是潛意識的一種極端高層精神現象。」靖樹說著自己的感受。

「瀕死確實是一項最接近靈異現象及特異能力的研究。進入死亡，就像進入生命中的黑洞，裡頭有什麼東西，人在活著的時候，根本就無法窺探得到。」無雙看著杯中的啤酒說。

這時，靖樹才突然想起口試時碰到的那位奇異教授。「對了，心理系最近來了一位客席教授，他好像是世界著名的瀕死研究專家。教授將在第一醫院舉辦一場瀕死研究發表會，而且時間就是明天下午。」

「怎麼我在心理研究所都沒有聽說過他？」

「教授的行徑有點神祕古怪，他的工作室並不在心理系大樓內，而是設在文學院的卡夫卡死囚室。」

「卡夫卡死囚室？」無雙張大了嘴巴。「那不正是全校最猛鬼的地方嗎！」

「就是啊。我的畢業口試也是在那裡進行的。」

「看來教授是故意選一個無人敢接近的地方做研究，這背後一定有什麼祕密原因的。」無雙憑著直覺說出內心感想。

「那麼，我們早點回去休息，明天一起到發表會去看個究竟吧。」靖樹提議著。

於是，兩人在把杯中的啤酒喝完後，便決定各自回家了。

回到家後，靖樹泡了一個熱水澡，她感覺自己全身都疲憊到極點，她一躺上床便進入沉睡狀態。與張伯伯之間的最後話別，彷彿用盡了她全部的氣力。原來，與人永遠地告別，是一件很累的事。

靖樹睡得很熟，並做了一個奇怪的夢。在夢中，她看見爺爺、奶奶、爸爸、媽媽，還有張伯伯，他們全都齊聚在老家門前的木棉樹下。每個人都從木棉樹上摘下一朵鮮紅的木棉花，然後一起走向在樹旁立著的一塊大石頭，並以大石為中心，圍成了一圈。這時候，天空突然開始下起了大雪，飄下一朵朵白色的雪花。他們逐一把自己手上的木棉花放在石頭上，像是在進行什麼特殊儀式似的。正當靖樹感到奇怪之際，她才發現，原來那不是一塊普通的石頭，而是一個墓碑。墓碑上刻著的竟然是她的名字！

在夢裡，她才是那個逝世的人，她的身體就放在石碑下的棺木裡，已被厚厚的泥土覆蓋著。在棺木裡的她，卻並未真正死去，她拚命地掙扎呼叫，想要掙脫出來跟家人團聚，可是不管她如何用力地推，都沒有辦法挪動棺木的蓋子，她的聲音也無法順利從棺木裡傳出。在慌亂之際，她突然察覺到那裡有不對勁的地方。木棉花跟下雪是不可能同時出現的，就像夏天跟冬天不可能同時存在一樣。她意會到這一切不過是個夢。

既然是夢，就不用做無謂的掙扎了。人在做夢時，大腦為了防止人把夢境當成真實，會限制身體的活動能力，讓身體處於癱瘓狀態。如果意識在身體恢復活動能力之前突然醒來，便會出現動彈不得的深度乏力感覺。這種現象就是俗稱的鬼壓床。鬼壓床通常發生在剛入睡或將醒未醒之際，除了身體癱瘓外，也常常伴有視覺或聽覺上的幻象。

思緒冷靜下來後，靖樹嘗試用意念改變夢境。只是試了好幾次，她都無法把身體移離棺木，也翻動不了上面覆蓋的泥土。雖然說在潛意識世界裡，她才是唯一的創造者，但是她仍未掌握如何運用意念力量去創造夢境的技巧。於是，她想到可以轉為改變夢境裡的物件，她成功把棺木變成了透明的玻璃盒子。她再利用雪花把烏黑的泥土漂染成潔白的冰塊，大地就這樣瞬間變成了厚厚的冰層。即使躺在玻璃棺木裡，也可以清楚看見家人。她的家人正在她的上方圍成一圈，全心地守護著她。她開始感到前所未有的安心，便很快地再度深深入睡。

等她真正醒來，已是第二天的中午。

電話鈴聲又再次響起，當靖樹收到得知張伯伯過世的通知時，她已不再有太多的震驚或難過。

這一次，她終於能夠跟一個親人好好地告別。同時，她也明白到一個赤裸的事實，就是：在世間上沒有誰是不可缺少的。一個人的消失，就如同雨點落入汪洋大海，瞬間便被融化吞噬，根本不會對整片海洋造成一丁點的漣漪。生活只會以它原本的形式繼續存在著。

靖樹依照約定的時間，在醫院大堂等候無雙，可是已經過了十分鐘，仍然未見她的蹤影。靖樹頻繁地看手錶，心裡開始焦急起來，她可不想錯過教授的發表會。在距離開場不到三分鐘的時間，無雙終於氣急敗壞地從醫院大門外衝了進來，她還差點撞在自動玻璃門上。

靖樹馬上向她揮手。「往這邊啊！」

「對不起啊！早上剛好突然有點事情，所以來遲了。」無雙一面喘氣一面說。

「邊走邊說吧，發表會已經快開始了。」

靖樹拉著無雙急步趕往二樓的學術會議廳，就在樓梯的轉角處，她跟一個正在下樓梯的年輕男人撞個正著。那個男人年紀大約二十出頭，樣子斯文俊朗，手上還拿著一件白色長袍。看起來，他應該是醫院裡的醫生。

靖樹一臉抱歉地說：「對不起啊！你沒事吧？」

第十一章　禁錮的靈魂

逸辰／靖樹

對於瀕死的追求，除了能開啟生命中的巨大潛藏異能外，更可以解救被陰影所禁錮的靈魂，是人類尋求自由解脫的終極方法。

明明是初次遇見靖樹，逸辰卻對她有一種久別重逢的感覺。除了被她身上的聖甲蟲所吸引外，逸辰也同樣被她整個人深深吸引住，他潛意識深處的某個記憶像是被靖樹戳中了一樣，感覺自己曾經在某個時候、某個地方遇見過她，卻又想不起來。而且那是一個不管怎樣努力去想，也不可能再次記起的遺忘記憶。他唯一能記得的，就只有遺忘本身。

同樣地，靖樹對眼前這個年輕男子也有一種熟悉的感覺。男子正以一種難以形容的複雜目光凝視著自己，他的瞳孔更在瞬間放大了一倍之多。一般人都認為，瞳孔只會在黑暗地方才放大，在明亮地方便會自動縮小，這看似是一種受環境影響的本能反應。其實，瞳孔的大小，除了跟隨環境的明暗改變外，也同樣受到人的心理所影響。每當受到強烈的心理刺激，瞳孔便會不由自主地迅速擴大，這是一種最直接、最真實的心理反射，情形就如男性看見女性的誘人胴體時，陰莖會受性慾刺激而自動充血、勃起變硬一樣。

所以當與人相遇時，如果對方的瞳孔突然擴大，那表示對方正感到驚訝或興奮，而瞳孔的擴大比率更可達兩倍或以上。相反，如對方感到厭倦或煩惱，瞳孔便會自然收縮。若是瞳孔不呈現任何變化，則表示對方對於所看到的人事物，感到無趣或漠不關心。

此刻，兩人都各自看著對方發愣。周遭的空氣似乎也起了微妙的變化，空氣粒子的密度變得濃稠起來，不但阻礙了風的流動，也像把時間凝結住了。

無雙看見靖樹的表情有些呆滯，於是輕輕地拉著她的手問道：「妳沒被撞倒吧？」

靖樹這才回過神來，「嗯，我沒事。」

逸辰本想開口說些什麼，最終卻什麼話也沒說出來。

「發表會快要開始了。」無雙提醒著靖樹。

靖樹又向逸辰點頭表示道歉，之後便跟無雙匆匆趕往會議廳。

逸辰一直呆站在原地，看著靖樹的身影快要在走廊轉角處消失。他決定要追上前去，想要弄明白一些事情。此刻，他的生命已經有太多不明不白的事了，他不想再增添一件。

靖樹跟無雙到達會議廳時，所有人都已經進場了。她倆在演講開始前的一刻趕到，整個演講廳已坐得爆滿，好不容易才在最後一排找到兩個空位子坐下。

時間剛好二時整。教授準時走上演講台，開始了他的演說。

「什麼是死亡？如果從醫學角度，臨床上的死亡，就是指生命的結束，一般以三種維生指標來判定：心臟停止、呼吸停頓、腦幹神經細胞活動終止。也許一般人以為死亡是發生在單一時間點上，但是，死亡其實是發生在一個過程裡。踏入死亡過程後，生理機能系統將逐一衰退敗壞，只是每個器官的存活時間都不一樣，例如肝臟、腸胃等內臟器官可維持約半個小時，皮膚肌腱等組織可生存八至十二小時，至於人最重要的腦部細胞，存活時間卻只有三分鐘。」教授在大屏幕上打出一張人體器官透視圖，上面標示了不同的數字，乍看之下似是器官的價目表，但其實是器官功能失效時限。

「在醫學上，當人進入臨床死亡後，就不會對外界刺激有所反應，意識亦隨即消失，更不可能出現任何認知或心理現象。但是，科學家卻在瀕臨死亡的邊緣，發現了一種極其神祕的高層精神現象，被稱為瀕死體驗。瀕死體驗只發生在生命最危險、最脆弱的關鍵時刻，這也可能是人類能觀看到死亡的最近距離。根據統計，全球七十三億人口中，大概百分之五曾經歷過瀕死體驗，只是大部分的瀕死體驗都不被承認，又或是被當事人自我否定或遺忘。由於瀕死是一種難以想像及理解的精神體驗，所以接下來，我會將我自己的瀕死意外，詳細地在大家面前進行剖析。」

這時，逸辰輕輕地推開大門，安靜地溜進演講廳裡。所有人正專注聽著台上的演講，並沒有人留意到他的進來。為了避免造成干擾，他選擇安靜地坐在門旁通道的階梯上。他快速地環顧四周，但是並看不見那位女生的身影。

他隨手撿起一張掉落在地上的講者介紹單張，上面這樣寫道：「教授，土生土長的香港人，曾經是一名犯罪心理學家，專責調查意外及自殺死亡案件。二〇〇四年，教授於紐西蘭駕滑翔飛機遇上奪命意外，飛機從五、六十層樓高空失控墜落，大難不死後奇蹟生還。從瀕死體驗及奇蹟自癒過程中，教授成功研究出如何透過瀕死，開啟人類潛意識的超常能力。他本人就是透過夢境與念力治好缺血壞死骨骼，扭轉了傷殘的命運。教授是現今唯一集瀕死經驗者、認知心理學博士、死亡調查官於一身的專家。」

講台上的教授，打出一張自己在開滑翔飛機的投影片在銀幕。

「意外發生時，我正在紐西蘭進行飛行訓練，滑翔機在起飛的過程中遇上切變氣流，再加上突如其來的機件故障，飛機在五、六十層樓高空失速失控，前後只花了十秒鐘便墜落地面。這情形就如你正駕著一輛高速跑車，從百米高的車道迅速衝落山崖一樣。」

教授把投影片換成在山崖上高速行駛中的紅色跑車。「大家可以閉上眼睛，想像自己正坐在紅色的跑車上。」

教授打響一下指頭，音響系統馬上播放出跑車起動時引擎的咆哮聲響。「你可以感受到車輪在高速轉動，在直路上狂奔飛馳……突然『砰！』的一聲巨響，跑車撞破安全圍欄，衝出了車道，就這樣從百米高的山崖掉落下去。」

霎時間，汽車的引擎聲不見了，卻換來一陣蕭蕭的風聲在各人的耳邊響起。授拉起衣袖看著手錶。「如果說，人生只剩下最後十秒，你到底會有什麼感覺？現在開始倒數。十、九、八、七……」

教授像是在進行催眠一樣，以認知刺激及投身想像技巧，製造出瀕死意外的情境氣氛。只見台下各人緊閉著雙眼，神色凝重，連呼吸的節奏也跟隨著教授的倒數，緊張地此起彼落。到底最後在腦海出現的是什麼？是親人？愛侶？人生的成就、不捨或遺憾？還想要對誰說話？想要說些什麼嗎？

只見時間飛快地過去。「三、二、一。時間到！」教授要大家再次張開眼睛。

「面對不可逃脫的死亡，那種恐懼害怕是難以承受想像的。我的腦袋瞬間被掏空似的，不但思想被癱瘓，身體四肢亦變得僵硬遲緩，根本不知如何反應。雖然感官上仍能接收到外界訊息，但訊息卻是被扭曲放大了，例如地面上的一棵樹，看起來比一棟高樓還要巨大。我甚至可以聽到心臟瘋狂跳動的聲音，心跳聲由體內傳到外面，在狹小的駕駛艙不斷環迴共振。

「恐懼不僅是扭曲了心理認知功能，也引發了嚴重的生理失常反應。喉嚨肌肉不自控地收縮，使氣管變得狹窄，再加上過度換氣，空氣像無法進入肺部一樣，引致腦部出現短暫的缺氧暈厥。生理系統為了應付前所未有的生存挑戰，大量的激素及荷爾蒙在同一時間分泌釋出，令身體處於極度亢奮及瀕臨崩潰的兩極狀態。這就如面臨了一次終極的驚恐發作。最後，我聽到就如剛才『砰！』的一聲巨大撞擊，機頭率先撞落地面，整個駕駛艙的外殼爆裂粉碎。身體裡所有的開關同時被切斷，之後便是一片黑暗靜寂的世界。」

教授用力打響手指頭。演講廳所有的燈光同時熄滅，連空調與音響也同時被關閉，彷彿電力供應在霎時間被切斷一樣。台上的教授沉默著，台下的聽眾也同樣沉默無聲，所有人一起墜落到寂靜的黑暗世界裡，沒人敢挪動身體、說話，甚至呼吸。凝重的沉默像無底的深淵，令人無力抵抗地被深深拉扯進去，就像跌盪到宇宙的黑洞裡。大家都在等待，但沒有了慣常的時間參考，就連時間的流速也像被黑暗扭曲了。

現場一片寂靜後，教授的聲音再次響起。「這就是進入瀕死世界的第一道門，我稱之為意識的黑洞。黑洞不但能把心跳、呼吸與五感訊息吸乾，更會將人的身體意識瓦解，包括對時間及生命的意識。突然間，意識再次回來了。但是，這並不是身體的意識，而是靈魂的意識。這感覺就如從長久的熟睡中甦醒一樣。我的靈魂從原來的身體中剝離，飄浮於空氣之中，並被一束金黃的亮光所包圍著。那亮光有些像是日出時的太陽，溫暖卻不灼眼。靈魂雖然外表仍保持著身體的形狀，但是身體原有的邊界與質感都消失了。那感覺就像浸泡在用光所造成的溫泉一樣，感到無盡的溫暖與寧靜，並跟所處的世界完全融合起來。」

教授再用力打響另一下手指頭。一道金黃色亮光從講台天花照射下來，不偏不倚地落在教授身上，將他的身體團團包圍著。遠看過去，像是穿了金色發光衣的外星人，飄浮在離地不遠的半空之中。

「教授，瀕死經歷會不會只是瀕死者的心理幻象？靈魂出體有點像是解離性身分障礙中的共存意識。當人面對重大危難或生命威脅時，極有可能出現人格解離，這種心理防禦機制能使人產生抽離感覺，就如靈魂出體一樣，甚至是製造出歡欣愉悅的心理幻覺。」一位精神科醫生舉手發問。

「解離現象是為了保護心理系統，免遭極端恐懼或痛苦情緒衝擊，以致心理崩潰或生理機能運作異常，這是一種短暫的身心切割。這種現象通常出現於嚴重受虐，或精神受創的病人身上，當事人試圖採用了另一個、甚至多個不同的人格身分，把自己變成與事件無關的旁觀者，或把感覺從自身抽離，使原人格從絕望無助中逃脫，甚至隔阻身體傳來的痛楚。」教授回應問題。

教授再按一下遙控器上紅色按鈕，天花板的投影機綻放出一束光線在教授身旁，塑造出一個跟他一模一樣的影象，模擬靈魂離開了身體的狀態。

「只是瀕死經驗絕對不是解離性人格分裂現象。靈魂可以說是人類精神能量的存在形態，完全獨立於身體或物質以外。變成靈魂後的自己並不會出現人格變異，對所經歷的一切也沒有半點抽離感覺。相反，那是比現實世界更為真實深刻的感覺。所以瀕死也可以比喻是一個手術過程，將靈魂從身體完全割裂出來，變成兩個相同人格的『我』同時存在。」

教授接著說，「當下，我這一生所有的經歷及記憶，全都在一瞬間跑出來了。我彷彿坐在一個三百六十度環幕立體影院，四周設置了幾十、甚至幾百個屏幕，而每一個屏幕都在播放自己生命走過的經歷片段，由幼稚園到大學、從工作到愛情，所有我以為已經遺忘了的一切記憶，都在這個『時間蟲洞』裡出現。而我第一個出現的印象記憶，就是再次回到嬰孩胚胎的時候，自己還窩在媽媽的子宮裡頭，被溫暖滋潤的羊水所包圍。這是一種回歸母體的感覺。那時我才明白，原來死亡跟出生的感覺是如此相近，兩者變成了是一體兩面的循環。」

一位物理學教授說：「這好像是違反了時間的線性規律啊。」

「時間真的只能以直線行走嗎？」教授反問著。「人對時間的概念與規律，其實是受制於我們的思考與語言方式。如果人能突破既有的線性思惟，改變直行式的語言文字，那麼時間便不再局限以直線形式出現。靈魂所處的是一個平行時空，可以同時遊走於過去、現在、與未來。生命本身就像是一個圓環，身體或會有完結的時候，但是靈魂卻是以無始無終的形式存在著。這一點，在量子力學中也已經被提出類似的學說。」

教授再一次打響指頭，這一次，白煙從他的指縫間突然冒出，像魔術師以手指打劃火柴一樣。他用白煙在空中畫了一個圓環，代表人的生命歷程，出生及死亡的時間點都落在同一個位置上，而白煙所走過的路徑就像是所謂的人生。他向著圓環的中央用力吹一口氣，整個白色煙圈不斷地向外擴大飄遠。在昏暗的講堂中，煙圈竟變成了環形屏幕，上面映照出不同時候的教授照片，教授的一生都在那裡。

「如果我們有能力同步環視自己的一生經歷，便可以像靈魂般看到一幅流動的生命藍圖。在生命藍圖裡可以找到的，不只是經歷中的輪迴重複，或是人事物中的因果關係；而更重要的，是暴露出每個人生命中的最大陰影。」

這時，無雙忍不住從最後排站起來發問：「教授，世界各地也有不少個案，在經歷瀕死後都出現了之前所沒有的特異能力。那麼，瀕死體驗與特異能力之間，是否存在著因果關係？」

「大家應該都有聽過亞當與夏娃的故事，」教授說，「在這個故事中，神創造了宇宙天地，然後創造了最初的人類——亞當與夏娃。亞當與夏娃本來快樂自由地在伊甸園裡，過著無憂無慮的生活。但是，有一天，他們受到蛇的引誘，偷吃了分辨善惡樹上的禁果，眼睛便變得明亮了，看見自己赤身露體，感到萬分的羞恥。當人類開始懂得判斷是非善惡，從此便生了分別心，原來的純然本心也跟隨一分為二，分成了光明與黑暗的部分，黑暗之心背負著無可救贖的原罪，只能永遠躲在潛意識的陰影裡頭。自此，生命中原有的巨大潛能亦隨之被封印起來。

「一直而來，陰影都是人類潛能發揮的最大障礙，也是心靈力量的最大桎梏。這是因為，人把生命大部分的能量，都消耗在逃避與抑壓自己的陰影，或浪費在維持光明與黑暗兩極間的平衡。而瀕死體驗就像是一把生命鑰匙，開啟生命中陰影所在之處的大門。如果想要激發人類的潛藏本能，就必須成功跨越陰影，讓缺裂的心靈重新拼合。只有在完整的心靈狀態下，光明與黑暗的力量才得以融合昇華，把生命中的無限潛能開啟釋放。」

教授從口袋中取出一個硬幣，用拇指把硬幣大力彈射上半空。硬幣在空中快速地旋轉，同時看到融合的一體兩面。教授以此比喻為真正的平衡狀態，完美的光明與黑暗合一。

「教授，可以示範一下所謂的心靈力量嗎？」剛才的物理學教授，以帶有挑戰性的口吻說。

「透過心靈力量，人的五官可以超越物理性的限制，感應到五感以外的訊息，如大家所說的天眼通或心靈感應。另外，心靈力量亦可以影響事物的運動規律或物理狀態，例如產生高熱、低溫或電磁波等。」

教授從講台上拿起一枝鐵湯匙，他聚精會神地看著湯匙，花不到五秒鐘，湯匙便開始緩緩向下彎曲起來，彷彿魔術表演一樣。「我並沒有擁有比別人更多的特異能力，有的只是比別人更多的相信。生命有著太多的可能，只是大家相信得太少。」

「教授，您的奇蹟自癒也算是心靈力量的一種嗎？」一位外科醫生好奇地問。

「意外發生之後，我雖然大難不死，但是，我的右足踝關節卻如同被折斷後的樹幹一樣，出現缺血性壞死枯萎，更被許多醫生一致宣判醫療無效。初期，我用盡一切醫學手段與非傳統的另類治療，然而，無論我做了多少努力，骨骼始終沒有任何起色。最後，我從瀕死體驗中得到啟發，發現大自然生命體裡的自癒祕密，我學習把心靈力量轉化成自癒修復的生物能量，並透過夢境作能量通道，使壞死的骨骼重新得到血氣的滋養。其實生命本身就擁有強大的自癒能力，許多瀕死後的不藥而癒、或是自癒奇蹟，也都是透過心靈力量而誘發產生的。」

「教授，那麼你選擇做瀕死研究的目的到底是什麼？」靖樹也忍不住舉手發問。

教授看到靖樹，並沒有出現訝異的表情，反而露出了一個奇怪的笑容。他回應說：「在過去一世紀，科學家為了解開生命的奧祕，一直專注研究人體的基因密碼。雖然在疾病治療或基因改造上獲得了重大成就，但是對於人類的潛能開發及精神力量提升，卻從未出現任何突破性發展。這是因為，人除了身體以外，還有心靈這個一直未被開發的重要組成元素。瀕死研究，就好比是能解開人類心靈基因密碼的新科學。對於瀕死的追求，除了能開啟生命中的巨大潛藏異能外，更可以解救被陰影所禁錮的靈魂，是人類尋求自由解脫的終極方法。」

「但是，人要如何才能進入瀕死精神狀態？瀕死可以複製嗎？」無雙再次追求問。

「這個問題，就等於在問奇蹟可否複製一樣。我相信奇蹟不是天上掉下來的東西或隨機的巧合，也不是僅能屬於少數幸運兒的特殊際遇，而是平等地屬於地球上每一個生命。那個祕密就寫在我們的潛意識裡。」教授停頓了一下。「只要你懂得把瀕死的組成元素分解，再組合，瀕死跟奇蹟一，都是可以複製的。」教授語氣肯定地回答著無雙。

之後提醒鐘聲響起，代表發表會的結束時間已到。

由於瀕死一直是個既神祕又充滿爭議性的議題，眾人一邊離去，一邊仍對教授所提出的觀點議論紛紛。只是，絕大部分的討論都是屬於惡意的批評及人身攻擊。也許教授的瀕死研究，已經遠遠超越了科學家對人類生命的固有認知，甚至是願意理解接受的範圍。人一旦離開了熟悉或可控的環境，第一個出現的反應就是不安與抗拒。

然而，會議廳裡有三個人，對於教授的研究感到無比興奮與好奇。三人在教授發表的瀕死研究裡，分別看到了屬於各自的期望。

逸辰雖然沒有找到方才那位女生，但是聽完教授的演講後，他感覺自己看到了一道曙光，直覺告訴他，教授正是他要找的人。或者說，教授是一個能幫他解開所有謎團的人。在演講廳大門打開時，他拿著宣傳單張先行離開了會議廳，他打算另找時間來尋求教授的協助。

靖樹與無雙因為位置的關係，慢慢地跟在散場人潮的最後，就在她倆快要走到大門時，有人從後把靖樹叫住了。

「靖樹，請等一下。」

第十二章

夢想博物館

靖樹

人生最痛苦的，就是夢醒了，卻發現已經無路可走。做夢的人是最幸福的，所以在尚未看出有可以走的道路之前，最好別去驚醒他。

把靖樹叫住的是教授，教授早就認出她了。

靖樹不好意思地回過身，「教授，您好！很高興能再見到您。」

「妳的研究論文做得相當出色。」教授在論文口試時，對靖樹留下了很深的印象。

「謝謝教授。」靖樹差點忘記了介紹無雙，「她是無雙，是大學心理研究所的研究員，她的專長是調查靈異事件與特異能力。」

「我都是做一些比較冷門及非傳統的心理研究，而且靈異實驗室就只有我一個人。」無雙難得靦腆地說著。

「瀕死研究應該也是歸屬這一類別吧。我的瀕死研究實驗室中，暫時亦只有我一個人。」教授笑著回應著。「妳們覺得這場發表會怎麼樣？」

「真是棒極了！」無雙如實地說。

「妳倆對於瀕死研究都很感興趣嗎？」

「自從我經歷過上次的短暫靈魂離體後，我發現瀕死比任何一種現存的心理手段，都更能讓人窺探到內心的祕密，這可能是將來心理治療與生命教育的新希望。只是，傳統的心理學或科學都對之絕口不提，除了說是對於死亡的禁忌外，我不明白為何會這樣？」靖樹說出心裡的疑問。

「凡是會改變現有生活方式的事物，一開始都會出現這種被禁絕的情況，而且事物所帶來的改變潛力越大，被壓制的力度也將越大。」教授沒有直接回答。

「所以對一些人來說，瀕死研究可能是新的希望，但對某一些人，卻可能是威脅與危險。」無雙大概明白教授的意思。

「我們只是要單純探索生命的可能性，並不考慮誰跟誰的利益或喜惡。」教授說。

「教授，我真是太愛你了！」無雙衝口而出說，雖然今天是第一次見到教授，無雙卻對於教授感到十分佩服。

「妳也太直接了吧。」靖樹故意取笑她。

「我是指做研究方面的理念。」無雙一臉尷尬，馬上補充著說。

「我正打算進行一項新的瀕死實驗，妳們有興趣加入嗎？」教授突然問道。

「當然有啊！瀕死真的可以用實驗的方式複製？」無雙迫不及待地追問。

「當然可以。只是到目前為止，我還沒有找到合適的實驗對象。」

「我們可以幫忙找啊。反正我身邊全都是些稀奇古怪的人。」無雙說。

「看看妳就知道了。」靖樹忍不住笑她。

雖然靖樹也渴望參加瀕死實驗，但她也擔心自己並不具備這個能力。「我只是醫院心理治療部的實習醫生，還沒有過任何這方面的臨床或實驗室經驗。」

「瀕死實驗跟一般心理研究不同，是否具備臨床或實驗室經驗並不是首要考慮的因素，最重要的是能夠解讀到瀕死時的精神體驗與內心感受。我相信妳具有這個能力。」教授好像早就認為靖樹會是適合的團隊人選。

「對啊，這可是千載難逢的機會。妳不是也很想要解破瀕死的祕密嗎？」無雙在旁不停地慫恿說。

「妳們可以考慮一下。下個星期三下午，妳們有空到我的工作室嗎？到時候我再向妳們解釋實驗的細節。」教授說。

於是三人便約定好下次會面的時間地點。

靖樹跟無雙離開醫院後，走了大約十五分鐘，轉入一個幽靜的街角後，走進了一間咖啡店，店的名字叫 Soul Room。在咖啡店的大門上方，倒掛著一雙泥黃色的破舊旅行靴，雖然鞋底已經穿出了個大洞，卻能給人一種十分可靠、甚至是頑固堅毅的感覺。這雙舊旅行靴是屬於這裡的店主靴子先生的，他是一個嚮往自由的旅遊家，喜歡到世界各地冒險歷奇，尤其酷愛神祕的遠古文明。他曾在一次爬金字塔時，碰到一位少了一條腿的旅人，自從那次旅行返程後，他就把腳上的旅行靴脫了下來，再沒有出門旅遊。不久之後，他就在大學附近開設了 Soul Room 咖啡店。他當時所脫下的旅行靴，就是現在倒掛在大門上的那一雙。因此，這裡的客人，都暱稱店主為「靴子先生」。

嚴格來說，靖樹有一半的大學生涯是在 Soul Room 度過，這裡既是她打工兼職的地方，同時也是她的觀察實驗室。咖啡店的四面都安裝了寬大的落地玻璃，形成一道透明的安全屏幕，讓她能夠近距離地觀察路人而不易被察覺。可以說，她的心理研究題目也是從咖啡店開始的。

「妳還有在這裡打工嗎？什麼時候開始醫院臨床的實習工作？」無雙問。

「我在上個月已經請辭了。醫院的心理治療工作明天便要正式開始了。」靖樹語氣中帶著絲絲懷念，在這裡打工的日子，對她來說意義非凡。

靖樹走到咖啡台跟靴子先生打招呼。「靴子先生，你好嗎？店裡最近怎麼樣了？」

靴子先生是一個身形強壯的中年男子，看起來大約五十歲，眉髮濃密、皮膚黝黑，眼角細密的皺紋無言地訴說著他豐富的經歷故事。大家都覺得靴子先生是一個謎樣的人，好像是突然從街角冒出來，也說不定什麼時候又會突然地消失。雖然大家都十分好奇，他當時究竟發生了什麼事，為什麼再也不去旅行，卻未曾有人開口問過他原因。或許，大家都隱約明白，即使問了，也不會得到真正的答案。然而，靴子先生並非對於旅遊的經歷完全避而不談，相反地，他常會談及旅行時遇到的趣事及怪事。靖樹從他的故事中得到許多的啟發，特別是在身體符號研究方面。

「原來是靖樹。」靴子先生在微笑時，眼角會露出兩條很深的魚尾紋。「一切都還是老樣子。」

「你還沒有找到新的服務員嗎？」咖啡工作台裡就只有靴子先生一個人。

「我暫時也沒打算要找新的服務員。」靴子先生說道。

聽見靴子先生的回答，靖樹心裡泛起莫名的高興。如果有了新服務員，她會有一種變得不再重要或不再被需要的感覺。也許，誰都不希望自己的位子，是可以輕易地被某人隨便所取代的。

「你要找到比我更好的服務員，確實是會有點困難呢。」靖樹故意一副沾沾自喜的樣子。

靴子先生笑著點頭，表示贊同。「妳今天想要喝些什麼？一樣是黑咖啡嗎？」靴子先生知道靖樹喜愛喝黑咖啡。

「是的。但是我的朋友是個酒鬼，所以她需要一杯有酒精的咖啡。」

「那麼，我幫她特調一杯加強版的愛爾蘭甜酒咖啡吧，把威士忌的份量加倍就是了。」

雖然靴子先生的外表給人豪爽粗魯的感覺，但是製作起咖啡時，動作舉止卻出奇地細膩優雅。他先將咖啡把手放在磨豆機的出口處，輕快地拉動扳機板兩次，發出「啪、啪」兩下清脆的回彈聲響。被研磨精細的咖啡粉末飄落在金屬過濾器上，帶著濃烈的巧克力與堅果香氣。他以手指把多餘粉末掃去，再用填壓器平整壓實，手法十分乾淨利落。之後他再拿起小毛掃，將黏附在把手邊緣的粉末掃走，彷彿是小心仔細清理珍貴出土文物的考古人員。一切準備妥當後，他以逆時鐘方向將把手旋進螺旋凹槽裡，固定鎖緊，再按下發動按鈕。機器發出隆隆聲響，熱水在高達九個大氣壓力下迅速通過咖啡粉末，匯聚成濃稠的黑色汁液。

靖樹一面看著靴子先生做咖啡，一面想到了爺爺。她從小就愛看爺爺操作縫紉機器。她發現，當一個人認真專注地在做著一件事時，身上便會散發出某種吸引人的香氣，就如同咖啡香氣一樣飄散在周圍的空氣中。靴子先生跟爺爺一樣，都是會散發這種氣息的男人。

無雙輕啜了一口愛爾蘭咖啡。「真的很棒啊！咖啡跟甜酒的味道調和得非常好。都說妳是最懂我的！」

無雙一直認為靖樹是一個十分善解人意的女生。光是這一點，自己就完全被比下去了。

靖樹也喝了一口黑咖啡。

「真不懂妳為何愛喝黑咖啡。」無雙只覺得那是一種很苦澀的飲料。

「可能是因為爺爺的緣故吧。」靖樹想起小時候經常跟爺爺去的茶檔。

爺爺每天都會到住家附近的一間舊式茶檔喝黑咖啡。那間茶檔是由一間簡陋的鐵皮屋所搭建而成，枱櫈都只是隨意地放在馬路旁的行人路上，沒有什麼特別的布置。那裡的咖啡經過瓦煲作長時間的蒸煮翻熱，聞起來雖特別香濃，喝進口裡卻是甚為苦澀，味道跟苦茶幾乎沒有差別。

「我一直也不明白，為何爺爺愛喝茶檔的黑咖啡。後來才知道爺爺小時候家裡很窮，他十多歲便出來工作，當裁縫學徒養活自己。每次當他辛苦得想要放棄時，他都會跑到茶檔喝一杯黑咖啡，那已經是當時他所能負擔的最大娛樂。爺爺說，起初喝黑咖啡時，會感到很苦澀，但是，只要放鬆心情，一小口、一小口慢慢地喝，感受咖啡在口中從熱到涼，從苦澀到回甘，便可以嚐到另一番滋味。」靖樹回憶著。「在爺爺過世後不久，茶檔也因為拆遷而結束營業了。就在茶檔結束營業的最後一天，我特地點了爺爺愛喝的黑咖啡，因為我想要好好記下那苦澀的味道。」

「所以，黑咖啡就是爺爺的味道。」無雙終於明白，那其實是一種對親人的思念。

靖樹再喝一口黑咖啡，嘗試放鬆心情，品嚐咖啡中的苦與甘。她彷彿聽到爺爺的聲音：「沒錯，這就是人生的滋味。人生就是有苦有樂，能夠勇敢地品嚐苦，才會發現苦其實一點也不可怕。」

「對了，教授剛才說，研究瀕死是為了解救被陰影所禁錮的靈魂，與開啟生命中的潛藏異能。這到底是什麼意思？」無雙的問題，讓靖樹從童年回憶中回過神來。

「教授的形容讓我聯想到潘朵拉盒子的故事。」

「妳是說希臘神話中的潘朵拉嗎？」無雙有聽過這神話故事。

潘朵拉是宙斯創造出來的一個完美女人。眾神把各種才能贈予她，雅典娜賜予她愛心，維納斯送贈她美貌，赫密士為她送上巧語，阿波羅給予她音樂才華。宙斯卻故意送上一個精美盒子給潘朵拉，並千叮萬囑她不可以把盒子打開。雖然潘朵拉擁有眾神賦予的才能，但她也有一個致命缺點，就是宙斯特別賦予的好奇心。潘朵拉一直想要偷看盒子裡的東西，終於有一天，她趁著丈夫出門後，偷偷地把蓋子打開了。結果，一直被關在盒子裡的邪惡精靈，因此被釋放了出來，那些象徵著憤怒、嫉妒、怨恨、懷疑、疾病等等的惡魔，霎那間遍布了人類世界，從此為人類帶來無盡的黑暗。潘朵拉感到十分害怕，趕緊把盒子關上，可惜一切已經太遲了。正當她無比絕望之際，發現盒子內竟然還剩下了一樣東西，那就是「希望」。

「我認為在每個人的潛意識底層，也有一個類似潘多拉盒子的東西，盒子裡封印著我們最深的黑暗恐懼，同時也留下了最大的希望救贖。很多時候，心理治療就是要讓人面對自己的陰暗面，透過接納與寬恕，釋放出內心的愛及光明力量。」靖樹試著解釋潘朵拉盒子與心理治療的關連。

「照妳這麼說，兩者的確是有點相似啊。如果用精神科分析學來比喻，瀕死世界就像是人類精神潛意識的底層，那裡被重重的高牆所圍住，用正常途徑是無法進入的。但在瀕死瞬間，人為了抵禦生命中最大的死亡威脅，透發出極端的身心反應，可能因此打開了通往潛意識底層的路徑。」無雙回應說。

「我之前曾經試過用催眠幫人進入潛意識，但是，都只能到達某個深度而已。如果瀕死是進入高層精神意識的特殊方法，就很可能可以到達潛意識底層，進而打開那潘朵拉盒子。」靖樹說。

這時，靴子先生拿起威士忌從工作台走過來。他一面走著，冰塊一面在酒杯裡搖晃，一面發出「咔啦咔啦」的聲音。「妳們在聊些什麼？」

「我們在聊潘朵拉盒子的故事。」靖樹知道靴子先生最愛研究古文明及傳說神話的。

「嗯，這確實是個很有啟發性的希臘神話。」
「那你認為盒子裡裝著的到底是什麼？」靖樹很想聽靴子先生的意見。
「被釋放出去的病毒代表了人性的黑暗與希望，而唯一留下的希望則是人性光明與救贖的化身。」靴子先生回答。
「那什麼才是人類的最後希望啊？」無雙追問。
靴子先生喝一口威士忌，先讓威士忌在口中停留，再慢慢吞嚥進喉嚨。「夢想。我相信夢想是人類留下最後的希望。」
靴子先生指一指咖啡店的後面牆壁。咖啡店的後牆是由一個個的葡萄酒木箱堆砌而成，每個木箱裡都放了一件物品，整座後牆就像是一個大型的裝飾擺設櫃。起初，靖樹還以為這些是靴子先生從世界各地搜集回來的收藏品，但是仔細查看後，她才發現，箱子裡存放的都是一些奇怪的私人物品，包括舊帽子、太陽眼鏡、棋盤、口琴、劇本、顏色筆等等。
無雙走過去看了一下。「箱子裡都是什麼東西啊？」
「那是一座夢想博物館。」靴子先生繼續說：「每一個箱子裡頭放著的，都是一件跟夢想有關的東西，是我走遍世界各地，從不同人身上收集回來的夢想故事。」
兩人逐一細看箱子裡的珍藏物品，每件物品旁邊都附有一段有關夢想的小故事說明紙卡，難怪會說這是一座夢想博物館。
「每一個木箱子裡的東西，既是一個夢想，也是讓某一個人活下來的希望。所以也可說是另類的潘朵拉盒子。」靴子先生說。

「這樣說來，夢想跟宗教還有點相似，都是一種信仰或是另類的精神鴉片。」無雙想起馬克思的話。

「也可以說夢想是人類最後的希望。」靴子先生再喝一口威士忌。「夢想之所以能讓人有存活下來的動力，就是因為現實生活的殘酷，往往使人失去生存的動力與勇氣，唯有倚靠對夢想的追求，才能讓人有希望繼續活下去，甚至可以說是彌補了現實世界的不足。人類對於生命的好奇與熱情，往往是需要通過夢想才得以實現。」

「所以夢想最珍貴的地方，並不是在圓夢的那一刻，而是在追夢的過程。」靖樹有感而說。

「人生最痛苦的，就是夢醒了，卻發現已經無路可走。做夢的人是最幸福的，所以在尚未看出有可以走的道路之前，最好別去驚醒他。這是魯迅先生說的。」靴子先生一口氣把杯中的威士忌喝完，只留下還未完全溶化的冰塊。之後，他再回到了咖啡台繼續獨自工作。

突然間，無雙的電話急速地響起來了。

「無雙，妳現在有空嗎？我有一件事情想找妳幫忙調查啊。」聽筒裡傳來胖表姐的聲音。

「發生什麼事情了？幹嘛這麼急啊？」無雙感到奇怪，胖表姐很少這麼緊張地說話。

「急診室……鬧鬼了。詳情見到面再跟妳說。」胖表姐的語氣顯得神經兮兮似的。

「好的，反正我就在醫院附近，十五分鐘後妳到急診室門口等我吧。」無雙掛斷電話。

「怎麼了？有事情嗎？」靖樹問。

「是胖表姐打來的，她是醫院裡的護士。她跟我說急診室正在鬧鬼，但詳情我也不知道。我先過去找胖表姐，明天再跟妳聯繫。」無雙急忙地先行離開了。

靖樹把杯中的咖啡喝完，之後也回家去了。

在走到一半的路途時，靖樹突然回想起靴子先生的最後旅程。她停下腳步，把鞋子脫了下來，想要學靴子先生赤著腳徒步走回家去，但是才走了一小段路，腳板便已感到灼熱疼痛。她看著地上的孤單身影，明白到追夢其實是一條十分孤獨的道路，需要無比的勇氣與信念，才能夠讓人一步一步地堅持走下去。因為，夢想總是被一道一道的高牆重重圍住，而高牆存在的目的，就是用來阻擋不夠相信夢想與無法堅持夢想的人。而那條路上並沒有別人，只有你自己。

就在終於快要到達家門之前，靖樹忽然明白，為什麼靴子先生當時會把靴子脫下，不再外出旅行。那是因為當他見到那個只有一條腿的人時，他才驚覺到，即使走跛了腳，夢想這條路都是不會有終點的。

第十三章　夢境分子料理

逸辰

在那時候，天地將被各種黑暗恐怖的現象所籠罩，而人類只能在望中等待死亡。唯一可以做的，恐怕就只剩下悲鳴的吶喊。

第二天中午，逸辰返回大學本部。他走到心理系大樓的職員辦事處，向櫃台小姐探問說，「妳好，我想找心理系裡的一位教授，他是專門研究瀕死的。」

櫃台小姐先是一臉愕然。「研究瀕死的教授？」她對這個題目顯得十分陌生。

「我是大學附屬醫院的實習醫生，有些事情急需請教這方面的專家。」逸辰把醫院的工作證遞給櫃台小姐。

「嗯。你請等一等。」櫃台小姐皺著眉頭，苦惱地在教職員名單上逐一檢視，但找了好一會兒，仍然毫無頭緒。她抬起頭繼續皺眉說：「系裡好像沒有這樣一位教職員啊。」

「但我昨天才到過這位教授的研究發表會。」逸辰把昨天撿起的介紹單張遞給櫃台小姐看。

櫃台小姐看完教授的簡歷，表情比之前更加迷惘，好像在說：他到底是誰啊？「噢，請等一下。」櫃台小姐像突然想起什麼似的說，「一星期前剛來了一位客席教授，因為那位教授的工作室不在心理系大樓，所以我從來都沒有看過他。」

她趕快翻查一下來訪學者的資料。「啊，找到了。」

「可否把教授的工作室地址給我？」

櫃台小姐把地址寫在便條紙上遞給逸辰。文學院大樓一〇一號房。

逸辰看到地址，先是呆了半响。他在想是不是櫃台小姐寫錯了？文學院一〇一號房並不是一般的房間，而是早已被棄用的鬧鬼房間「卡夫卡死囚室」，也是傳聞中消失的密室。

「請問這個地址沒有弄錯嗎？」逸辰再一次跟櫃台小姐確認。

「是的，就是那個房間。」櫃台小姐知道他想要說什麼。「那是教授特別要求的房間，至於背後有什麼特別原因，我就不知道了。」

「我明白了。謝謝。」

逸辰花了好些時間，終於找到卡夫卡死囚室的唯一出入口。他先安靜地站在門外，並沒有即時敲門。他用手掌有節奏地拍打在大腿上，以每分鐘六十次的頻率，一面拍打、一面調整自己的心跳，直至兩者的節奏協調同步為止。他從小就愛這樣做，他感覺這樣做可以給他一份自我掌控身體的能力。

準備好了，他用手輕輕敲門。

不久，房內傳來一個男人聲音。「門沒上鎖，請推左邊的門進來吧。」

逸辰按照指示推開左邊的門。卡夫卡死囚室跟逸辰所預期的並不一樣，不但沒有任何陰森恐怖的感覺，反倒是懷有一份古樸淡雅的味道。房間內的燈光帶點昏黃，空氣中依稀可嗅到長年灰塵留下的陳舊氣味。房內的空間十分寬敞，放了幾件簡單原木傢具，和一張寬大的辦公桌。辦公桌上十分乾淨，沒有任何文件或書本，只放了一盞舊式不銹鋼枱燈和幾個不同大小的玻璃計時沙漏。

有一個男人背對著門，坐在辦公桌後。在逸辰走進來後，他並沒有即時轉身，只顧盯著牆上的畫作看得入神。

「很對不起，我並沒有事先預約。我是大學醫院裡的實習醫生，有一件事情想要向您請教。」逸辰說出到來的目的。

教授轉過身看著逸辰。「沒關係，會來這裡的人通常都不是預先約好的。」教授好像一點也不介意逸辰的突然到訪。

當逸辰看到教授身後的畫作時，突然感到一陣莫名的毛骨悚然。奇怪的是，那卻是一份熟悉的恐懼感。

「那是一個關於噩夢的問題。」逸辰指著教授身後的畫作說著，「可以說是跟這幅畫作差不多意象的噩夢。」

教授示意逸辰隨意坐下。「說說看你對這幅畫有什麼感覺。」

畫作是印象派畫家孟克所繪畫，屬於十九世紀末的表現主義作品。紅色的天空背景代表一座在爆發的火山，熾熱的岩灰像把整片天空都染得血紅，一個沒有臉龐的途人看到如此景像，嚇得張大嘴巴、雙手掩面，對著奧斯陸峽灣沉痛地哀號呼叫。

逸辰認真地看著牆上的油畫。「我感受到一份很深的絕望及無助感覺。畫中那無臉人不斷在呼喊，但即使他破喉嚨也不會有人聽到。」逸辰聯想到噩夢中的白衣少年。

「那是一種無聲的吶喊。」教授回應說著，「畫家想透過無聲吶喊，表達人類對於世紀末的憂慮與恐懼。」

「什麼是世紀末的憂慮與恐懼？」

「世紀末其實是代表著世界到了盡頭，所有的生命即將完結。在那時候，天地將被各種黑暗恐怖的現象所籠罩，而人類只能在絕望中等待死亡。唯一可以做的，恐怕就只剩下悲鳴的吶喊。」

「那吶喊是為了什麼？」

「當然是為了得到回應，不管是向神或是人，只要有誰聽到了呼救，那就變得有希望了。而絕望的人，也會因此而感到不再那麼孤獨。」教授解釋說。

「我也曾聽過這樣的吶喊。是在一個重複出現的噩夢裡。」逸辰把夢境說出，「我夢見一名沒有臉龐的白衣少年，他從醫院大樓的天台墜下，像被困在無止盡的墜落中。他一邊墜下、一邊扭曲著面容竭力地嘶叫，只是身體掉下的速度比聲音傳播的速度還要快，所以根本沒有人聽得到他的呼叫，甚至連他自己也聽不到。」

「本來屬於無聲的吶喊，卻不知為何被你偷聽到了。」這點倒引起了教授的好奇。「你這個噩夢是什麼時候第一次出現的？」

「是在十二年前，當時的我，曾遇到兩次連續的瀕死經歷。」

接著，逸辰把自己的溺水意外、噩夢的內容、以及最近發生的怪事，全都告訴了教授。

「所以你懷疑噩夢中的白衣少年，就是十二年前在醫院墜樓自殺的少年，而那少年鬼魂還故意把你引領到醫院天台，但卻因為驚恐發作，你沒有清楚看見他的臉。」教授像是在幫逸辰整理整件事情的始末。只是逸辰所描述的一切，已遠超越了一般的瀕死體驗，而且當中更有一些很怪異的地方。

「我希望能把噩夢所要隱藏的真相找出來。」逸辰說。

「如果想找出噩夢背後的真相，也並非不可能。我相信世界上沒有純然巧合的事情，也不認為這一連串事件只是什麼鬼魂作祟。」教授想要先排除一些可能性。「或者可以利用分子料理的方式，重溯噩夢的源頭。」

「夢境分子料理？」逸辰以為自己聽錯了。

教授解釋說，「將噩夢的元素逐一分解，就如分子料理一樣。」

逸辰平常也喜歡自己做菜，所以對分子料理倒有相當深的認識。廚師會利用科學方法與現代儀器，令食物材料產生各種物理與化學變化，將食材分子加以分解後再重新組合。最後所製造出來的食物，不論在外貌或質感上，往往都跟原來的食材極不一樣，但食物中的味道與營養價值卻大幅地提升了。

「就如棉花糖的製作過程那樣嗎？」逸辰舉出一個例子。

在棉花糖的製造過程中，一粒粒如米般大小的蔗糖晶體，被送進棉花糖機中心的加熱腔，本來排列整齊的糖晶分子因受熱開始溶解，變成液態狀的糖漿。糖漿在加熱腔不斷高速旋轉，所產生的離心力會令糖漿從加熱腔上的小孔噴射出去外圍的空間。由於內外腔存在重大溫度差異，氣化的糖漿會迅速遇冰凝固，最後變成薄如輕煙的棉花糖絲。

教授點頭回應。「你所看到既蓬鬆又柔軟的棉花糖絲，其實是由堅硬如沙石的糖晶演變而成。雖然食物的前後形態與口感徹底地改變了，但兩者底下的組成物質都是一樣的，都是象徵著甜的味道。」

「所以甜味才是棉花糖的象徵源頭。」

教授繼續解釋，「其實做夢也是差不多的過程，潛意識會把人的原始欲念，演變成各種稀奇古怪的故事情節。解夢則是反過來把夢的表象打散分拆，將當中的人事物逐一抽出，再透過逆合成分析，並重新排列，這樣便可看出夢境底下的本質意義。」

「我們要做的是回到最初始的時候，尋找噩夢原始素材底下的象徵意義。」逸辰重複教授的意思。

教授說，「噩夢的後半部我已經清楚了。你把在天台上快要暈倒時所看見的境象，再一次告訴我。」

「當時，我突然感到一陣時空交錯，像是瞬間掉進了那個噩夢。我看見白衣少年身處一道昏暗狹窄的樓梯間。這個樓梯是從地下深處延伸出來，下面陰森森的漆黑一片，就好像是通往像地獄一樣的地方。樓梯間的兩旁並沒有扶手，樓梯寬度只有不到一米的距離，所以僅能容納他瘦小的身體通過。在樓梯的頂端，有微弱的光源滲出，那裡看來像是唯一能逃生的出口，白衣少年只有一直往上爬。但是少年的身後，背著一個跟他肩膀一樣寬的背包，雖然不知道裡面放了些什麼，但看起來是非常沉重的東西。他想要卸下背包，但尼龍肩帶已深深陷進他的肩膀，和皮膚完全融合起來了，沉重的背包已成為他身體的一個延伸部分。

「他垂下頭、彎著腰，靠著一雙弱小的細腿拚命往上爬。他大口大口地喘著氣，也不知道究竟是爬了多久，少年終於到達樓梯的頂部出口。那裡有一道鐵門，鐵門已經出現明顯的銹蝕，但是門鉸仍能夠暢順地轉動，只需稍微用點力，門便被推開了。少年穿過鐵門，最後到達的竟然是一處絞刑台。他才突然明白，那個背包只是為了增加垂吊時的重量，而特別縫製在他身上的。正當他感到無比的絕望、害怕之際，一隻大黑鳥突然從天空飛下，把天台的水泥地台啄得崩裂，他就是這樣掉下去的。」

聽完逸辰的說明後，教授開始要逸辰試著把夢中的重要表象逐一分解。

「少年身上一直背負著一個極沉重的背包，那會是代表著什麼？」逸辰問。

「背包很多時候象徵了內心的沉痛或責任，所以會令人有舉步維艱的感覺。而身後背負著沉重包袱，就像是帶著深刻的悔疚或沉痛的過去活著一樣。」教授開始進行分析。

「那麼，少年的背包為什麼會蝕進身體皮膚裡？」

「這是一種與生俱來或不可分割的象徵，代表那罪孽是因他的存在而形成，一切皆因他而起，這就像聖經上所說的原罪一樣。」

「大黑鳥突然飛下並且把大樓天台弄塌，這個又代表什麼？」逸辰再問。

「少年的自我價值、自我形象不斷被啄磨侵蝕，當內心被傷痛或罪疚磨損到一定程度，便會出現山搖地動的場景。所以真正崩塌的並不是大樓天台，而是他的內心世界。」教授解釋說。

「在夢中，少年並沒有被誰追趕或脅迫，而是心甘情願地爬樓梯到天台，並在那裡接受懲罰的。」逸辰對少年上去天台的動機感到疑惑。

「無止盡的墜落像是一種循環不斷的懲罰，這反映少年是被囚禁於絕望無助的黑暗世界，身心無間斷地飽受煎熬。死亡既是一種懲罰，也是他唯一的解脫。」教授解讀。

經過兩人的討論分析後，教授閉起了眼睛，安靜地思考。如果把這些基本元素重新組合，那將會是一個什麼樣的境象。過了一會兒，教授再次張開雙眼，對逸辰說，「我把夢境重組成一個境象，看見白衣少年身處在一個無間地獄裡。」

「那是什麼意思？」逸辰很難想像無間地獄是怎樣的一個地方。

「無間地獄不是一個地方，而是一種內心困局。有如希臘神話中的西西弗斯，他就是活在一個無間地獄裡，每天無止境的接受懲罰與受苦。」

西西弗斯本來是人間裡最聰明絕頂的人，但因惹怒了眾神而遭受懲罰，他被判永久地將一塊巨石推上一座陡峭的山頂。只是當巨石一到了山頂，又會自動滾回山腳，西西弗斯只好再次將大石推上去，如此日復日、年復年，永無休止。

「這種永恆絕望、又枉然徒勞的懲罰，的確比死亡更為可怕。」逸辰開始理解無間地獄的意思。

教授繼續說，「卡繆就借用了西西弗斯的故事，指出人生存於這個世界上，不斷地尋找生命的意義到底為何。當結果一無所獲時，生存便會變成一種荒謬及荒誕的徒勞。這就如西西弗斯的生命，在一件無望無效的重複勞役中，一點一滴地被消耗殆盡。」

忽然間，逸辰覺得現代人也活得像西西弗斯一樣，過著機械性與無目的性日常生活，不斷地重複起床、乘車、工作、上課、吃飯、睡覺；星期一、二、三……。這種讓人麻木的生活方式，就跟西西弗斯的懲罰並沒兩樣。

「如果不幸地活在一個無間地獄，會有什麼樣的下場？」逸辰問。

「面對這種永劫不復的悲劇命運，一天接一天重複地過去，既不可逃脫又毫無意義，除了自殺還能做什麼。所以我推斷噩夢中的白衣少年是自殺而死的，他很有可能就是在醫院跳樓自殺的少年。」

「所以噩夢應該是屬於那自殺少年的？」逸辰對噩夢存在有一份強烈的陌生感覺，更不明白夢境與自己到底有何關聯。

「可以這樣說。」

「但是，別人的噩夢怎麼會跑到我的身上？」

「理論上，別人的想法或經歷不可能無故地跑進你的身上，夢裡也不可能出現跟你完全無關的人事物，就如你不可能製造出自己所沒有的念頭想法，不能衍生出你以外的組成元素。」

「不論在性格或人生經歷上，我完全找不到自己跟那少年有任何的共通點。」

逸辰成長於一個快樂的小家庭，父母對他十分疼愛，會盡量滿足他所有的要求。他的成長過程尚算順利，是個品學兼優的學生，從沒犯下什麼不可原諒的過錯，又或遇上自己重大懊悔的事情，此刻內心也沒有化解不了的傷痛。雖然自那次溺水意外後，他的性格確實產生了一些明顯轉變，他變得話比較少，喜歡一個人獨處、勝於與人群聚在一起。父母及老師曾經非常擔心他是患上創傷後壓力症，或是社交障礙之類的問題，所以安排他定期見學校社工跟進情況。

但是，心理評估的結果說他的性格並沒有出現孤僻異常，也沒有溝通或表達方面的障礙，跟人在一起時，他不會讓別人感到格格不入，大家也能跟他相處融洽。只是，在可以選擇的情況下，他還是喜歡與人保持一定距離。所以一直以來，他並沒有幾個談得來的朋友，他盡可能地選擇一個人就能完成的運動，一個人看書或去看電影。在整個青春成長期，他都沒有為誰帶來過任何麻煩，成績品行也表現相當優異，所以大家都對他的抽離沒說什麼。

教授回應說，「在夢中出現的陌生人物，很可能只反映了你的隱藏人格或陰暗面化身，那陌生感其實是源於自己不為人知的面向，即是所謂的『陰影』。」

「白衣少年可能是我內心陰影的化身？」逸辰不解地問。

「這正是我需要排除的可能性之一。」

「陰影到底是如何形成的？」

「簡單來說，陰影就是自己不願承認、不能接受的人格特質，它可以來自你不被滿足的原始欲望又或是傷痛經歷，因為無法被容納接受，所以只好從自身分割開來，變成了表面上看來像惡魔一樣的東西。」教授回答。

作為一個醫生，逸辰只能把陰影想像成身體裡的病毒。病毒為了逃避免疫系統的追捕，只好一直隱身在黑暗的角落裡，等到宿主有所鬆懈時，便會從黑暗中突然冒出，肆意破壞。

「所以夢境的其中一個功能，就是將隱藏的陰影顯現出來。」

教授點頭同意說。「陰影就如人的影子，其實一直都在，有時候可出現在夢中，有時候可轉移到別人身上。」教授舉例說明，「人總喜歡把自己的欲念或黑暗想法投射到第三者身上，如明明是自己貪婪自私，卻不斷指責別人自私自利，又或怪罪社會不公墮落。」

「那應該如何把陰影消滅？」這是逸辰比較關心的問題。

教授搖搖頭說，「陰影是人內心不可或缺的組成部分，既不能消滅，也無法擺脫。」

教授把枱燈打開，讓光照射在手掌上，桌面上立即出現一個手掌的陰影。「人是不可能把自己的影子殺死的，即使人死了亦不可能。」

看見教授的示範，逸辰也照樣把手放進燈光底下，烏黑的手影馬上打在桌面上。他重複做了好幾次，忽然明白到一個重要的事實。

「陰影只是囚禁在內心籠牢的黑暗物質，因為不被接受，所以才被打成惡魔一樣。處理陰影的唯一方法只有全然的接納。重新整合內心的矛盾分裂，回收自已不願承認的懦弱、自私、嫉妒、縱慾、貪婪等一切不被允許的陰暗面向，讓人的內心變回完整。」

「陰影其實是被光明所排斥出來的部分。如果沒有光明就不會有陰影的出現。」逸辰回應說。

「沒錯，這才是陰影的真面目。光明與陰影本來就是相生相尅的一體兩面。如果沒有壞人，就不知道什麼才是好人，人性這套戲便演不下去了。」

「所以有時候壞人的存在也許是必須的。」逸辰覺得這道理挺有趣的。

「重點不在於是好人或壞人，而是你可以選擇做什麼樣的人。」教授繼續解釋，「人除了需要靠陰影來界定自我外，亦需要把陰影充分活出，這樣天賦潛能才得以全面展現。」

逸辰想起了早前看過的一套心理驚慄電影《思裂》（Split），劇中男主角童年時曾被父母虐待，導致人格分裂，在同一個身體裡附載了二十三個年齡、性別、個性、智商、體格、興趣迥然不同的人格。人格一旦奪走了身體的「光」，便同時奪取了主宰身體的控制權，使得男主角的原有人格猶如被鬼附身一樣，失去了時間的觀念，不知道其他人格的所作所為。但如果人真的可以將所有隱藏人格展現，那也等於把所有的潛藏天賦開啟了，病患跟超能可能只有一線之隔。

「如果白衣少年真的是我內心的陰影，那我豈不是擁有另一個分裂的隱藏人格？」逸辰想起電影中的男主角。

「陰影跟分裂人格有所不同。陰影只是原有人格被抑壓的部分，就像是光明的影子，兩者同屬一體。而分裂人格則是原有人格以外的獨立人格。如果把身體比喻成一間屋，裡面居住的房客就是人格。在正常情況下，一間屋裡應該就只有居住一個房客。當然房客可變身成不同的人物角色，以應付生活的不同需求，但是這些只都是外表的更替，服飾底下還是相同的那個人。在你的潛意識裡，白衣少年是以一個獨立完整的人格呈現，看起來像跟你原有人格毫無關係。這可能是解離性身分障礙（Dissociative Identity Disorder）的特徵，亦即是所謂的多重人格。

「所以，你懷疑我的身體裡居住了兩個不同的獨立人格嗎？」逸辰直接問。

教授並沒有正面回應。「想要判別是否出現了雙重人格也不困難。因為雙重人格並不會同時現身，只會輪流占用身體。」

「就像輪流把生命的光搶走，奪取身體的控制權。」逸辰回應。

「在瀕死意外發生後，你有出現過遺失記憶或時間的情況嗎？即是腦海裡出現了一些空白記憶，不知道自己做過什麼或想過些什麼。又或是別人跟你說，你的行為表現像突然變成了另一個人似的，只是對此卻毫無印象。」教授問他。

「在我所知道的範圍裡一次也沒有。」逸辰肯定地回答。

「解離性身分障礙主要是跟童年創傷或巨大壓力有關，因為面對不了過往的傷痛經歷或悔咎，只好以極度抽離的方式應付，甚至發展出另一獨立人格專責應對。所以人格的出現必定是以功能性為基礎，目的就是為了減低對原有人格的心理衝擊。」

如果要說童年陰影，逸辰唯一想到的就只有那次溺水意外。但即使是那場意外，也沒遺留下沉痛或可怕的記憶。所以他不明白自己帶有什麼原罪，為何要甘心接受懲罰，甚至要尋死解脫。

「雖然我感到自己的想法與價值觀，跟外在世界或其他人有所不協調，並經常存有一份抽離的感覺，但是我沒有感到跟自己、又或自己的過去有任何不協調的地方。我只是喜歡這種有距離的生活方式，並不是為了作出自我保護。」

「坦白說，你的人格比一般人都來得獨立、完整，甚至堅強。我不認為你患有解離性人格症狀，也看不到少年的人格對你有什麼功能。」教授下結論般地說。

「那是否證明了白衣少年不是我的分裂人格？」

「我只可以說，現今的科學與心理學並不能解釋發生在你身上的事情。」

「難道我是被在醫院裡自殺的少年鬼魂附身了嗎？」逸辰始終對鬼神之說有所保留。

「或者，我們可以嘗試以催眠追尋白衣少年的來歷。」教授提議說。

「只要能解開這謎團，我願意一試。」

「明天這個時候，你再來到這裡，我們做一次催眠回溯。」

第十四章

書寫罪

靖樹

寫信成為了她與某人唯一的連結，塑造了她們僅有的時間空間。她唯一能做的就是用文字竭力嘶叫呼救。只有不斷地寫，寫到頭髮脫落、視力衰退、手指骨折；寫得愈多，或許她愈能得到解放，變得愈潔淨……

靖樹一早便到了醫院的心理治療室，開始了第一天的實習工作。她打開抬頭的新症檔案夾，看了看裡頭厚厚的轉介資料。這可是一個相當棘手的強迫症個案。

陳曉曼，女性，二十八歲，之前是一位中文科教師。三年前，她跟未婚夫出外旅遊時遇上交通事故，未婚夫不幸當場身亡，而她則幸運獲救。康復後她開始每天不停地書寫，除了必要的日常活動外，其餘時間都是拿著紙和筆拚命地寫。她的情緒並沒有出現問題，書寫這件事也沒對任何人構成騷擾或障礙，大家以為過一陣子她便會恢復回來，只是她完全沒有停下來回到正常生活的跡象。為了可以專心地書寫，她甚至停止了一切社交活動，後來更變得不太願意開口跟人說話。

她所希望做的只有一件事，就是可以讓她一直安靜地寫下去。

精神科醫生做了各種生理及腦部檢測，並沒有找到任何異常，對現實的認知能力及智商也沒出現障礙。醫生曾試過給予她服用抗抑鬱及焦慮藥物，但是一點幫助也沒有。父母也曾試過強行收起她的筆及書寫簿，企圖迫使她停止書寫習慣，結果她偷偷從購物袋撕掉一角來寫，在衣服、在牆壁上寫，甚至用樹枝、用石頭在人行道地板上寫。如果不讓她寫，她會變得極其焦慮。所以最後被斷定為神經官能強迫症，只是藥物治療對她完全失效。

曉曼敲門進入治療室時，她的行為表現跟正常人並沒有兩樣，正常的眼神交流，正常的微笑表情，正常的坐姿動作。她胸前掛著一枝雙色原字筆，手上拿著一本四百字的原稿用紙簿。因為長時間書寫關係，她的右手尾指至手腕部分沾染了明顯的烏黑墨跡，而且墨跡已深深蝕進皮膚裡，即使用上強力工業用清潔劑也絕不容易洗掉那種。但除此以外，她的儀容與衣服都整齊乾淨，頭髮正滲著檸檬洗髮精的清新氣味，衣服還保有柔軟精的人工花香氣味。從外表看來，她的生活自理功能並沒有出現問題。

「妳好，我是醫院裡的臨床心理醫師，很高興認識妳。你可以叫我靖樹。」靖樹先簡單地介紹自己。

曉曼禮貌性地點頭微笑，並沒有開口說話。

「從這個月起，我將在醫院進行六個月的實習工作，妳剛好是我的第一位個案。」靖樹坦白地說。

曉曼同樣地點頭微笑，但這次笑容明顯地加了，好像對一個陌生的臉孔反而有所期待。

「雖然我看過妳的背景紀錄，但我希望可以從我們真實的會面中認識妳。」靖樹把那疊厚厚的病人檔案夾擱在一旁，並收起筆記型電腦，從抽屜內取出一張雪白的單行紙。

曉曼看見靖樹拿起紙筆，眼神表現得分外雀躍。

靖樹本來就不喜歡以電子形式作記錄，平常都愛拿著紙本書體閱讀，並慶幸自己出生在一個還能以紙筆作書寫的年代。因此，她對曉曼其實有一份特別的親切感。

「可以請妳談一下有關書寫的事情嗎？」靖樹首先以彼此的共同喜好打開話題。

曉曼點頭表示讚同。

「這樣吧，我用說的，妳用文字回答可以嗎？」

曉曼像感到如釋重負，馬上打開原稿紙在上面寫道：好的。

「妳很喜歡寫東西嗎？所以到哪裡都拿著紙和筆。」靖樹指著她襯衣前的雙色原子筆和手上厚厚的原稿簿子。

曉曼抿著嘴，皺一皺眉頭，眼睛斜看了右方一下。這表示她內心出現了一種矛盾想法，不完全是也不完全不是。

靖樹對她的表情蠻感興趣。「雖然是喜歡，但因為某些原因，必須要書寫，即使想停下來也不太可能，是這個意思嗎。」

對於靖樹能準確猜出自己的心意，曉曼感到欣慰般強烈點頭。

「那妳都在寫什麼啊？在寫日記般的東西？」

曉曼：不是，我在寫信。

「你在對誰寫信。」

曉曼：是的，對某人。

「所以妳對一個不知道的誰在寫信。」

曉曼：大概是這樣。

寫信，寫信的本質意義是什麼？寫信這行為象徵著什麼？靖樹腦裡快速在盤算聯想。

「妳之前是中文老師是嗎？有沒有教過學生寫信啊？」

曉曼：當然有啦。雖然現在大家都不流行寫信，但寫信是一種無可替代的溝通工具。

「怎麼說？為何寫信如此重要？」

曉曼瞪大眼睛，好像在說居然有學生會問這樣的問題一樣。

曉曼：寫信是一份契約啊！

一份契約。對了！寫信時的心態確實跟其他書寫有所不同。因為書信不是單純的記事，而是一份契約。在寫信時，收信人是被要求對來信作某種回應的，是對自己所寄發的信息有所回應。寫信一方面是在履行書信契約，另一方面也在迫使收信人成為契約的另一位立約人。靖樹恍然大悟她寫信的背後意思。

「除了寫信外，沒有其他的聯繫方法嗎？」

曉曼：沒有了，寫信成為了我們唯一的連結。

只是曉曼所寫的是一種單向式的書信，意即只有她單方面的寫信獨白，卻從來沒有收過對方的回信或回應。她是因為在等待、甚至是渴望得到回音，所以才歇斯底里地寫信。雖然精神科醫生的評語說她拒絕開口說話，隔絕正常溝通渠道，但是，這其實只是行為的表面解讀。相反地，她內心極其渴望能跟外界溝通，並努力建立唯一可以溝通的平台。到底她在渴望跟誰進行溝通？

「妳有把信寄出嗎？」

曉曼：當然有，沒有寄出的書信有什麼用啊。

靖樹在想，連收信人身分也不清楚的信件，正常郵遞是不可能成功的。除非她能以某種形式把信寄出，而這種形式又能為她帶來回信的希望，否則難以說服自己一直堅持寫信的行為。

「因為郵差也沒辦法把信送遞，所以只好以特別的方法寄出。」

曉曼歪著頭看靖樹，很訝異她連這點也知道。曉曼補充：我把信帶到海邊，讓海浪把信寄出。

靖樹想起十九世紀法國大作家雨果。「就像雨果，在荒島上把寫好的書稿塞進瓶子裡，然後用力向大海丟去，寄給連名字與地址都不知道的誰一樣。隨著天候潮汐，隨著命運，瓶中的書稿會漂向何處，何時落到何人手裡，他一無所知。但是，正是因為一無所知，所以才永遠充滿了希望。」

曉曼定眼望著空氣中的某一點。她正努力向誰求救，一個彷彿不存在現實世界的誰，一個能帶她走出困境的誰。她正在尋找潘朵拉盒子裡所遺下的希望。

「我明白了。謝謝妳願意把這些告訴我。」靖樹輕拍曉曼的右臂。「我們下星期再見一次面好嗎？」

對於一個孤獨的患者來說，被理解就等於一隻溫暖的手觸碰到內心。她欣然地在原稿紙上寫上：好的。

曉曼離開後，靖樹在治療室整理剛才的會面紀錄。她像突然想起什麼似的，起身離開座位，並走到書架旁邊取出一本書。那是日本作家北川透所寫的《罪與罰》。書裡頭有一項原罪叫書寫罪，是這樣訂明的：「毫無理由的書寫者先斷一手，被切斷一手後還寫的，再切斷另一隻手。這樣還繼續寫的，挖掉眼睛；如此還不死心繼續寫的，割掉耳朵，切斷雙腳。依然不停止地，嘴巴裡塞滿泥土；依然書寫的，剁碎身體。還要寫的，就索性燒成灰。如果到最後還是不死心，就讓他寫，寫個不停，當永遠的書寫機器，一直寫到太陽不再升起為止。」

靖樹在治療紀錄上總結了曉曼的心情。曉曼就像是一個原罪犯，得不到赦免，找不到出口。寫信成為了她與某人唯一的連結，塑造了他們之間僅有的時間空間。她唯一能做的就是用文字竭力嘶叫呼救。只有不斷地寫，寫到頭髮脫落、視力衰退、手指骨折；寫得愈多，或許她愈能得到解放，變得愈潔淨……

靖樹才剛放下筆，她的手機便響起來了。

「靖樹，妳還在醫院的心理治療部嗎？」手機裡傳來無雙有氣無力的聲音。

「我快要下班了，妳發生了什麼事嗎？」靖樹緊張地問。

「我現在醫院的急診室裡，妳先過來一下好嗎？」無雙的語氣不像是鬧著玩。

「好的，我現在馬上過去。」靖樹看一看手錶，時間剛好已過下午六時的下班時間。

急診室的自動門一打開，一陣強烈的消毒藥水氣味首先迎面撲來。靖樹看見急診室裡擠滿了候診的病人，護士們於候診大堂急步穿梭，鞋底不斷發出咯吱咯吱的磨擦聲響。靖樹四處張望，可是並沒有看見無雙的蹤影。

她拿出手機回撥給無雙，清脆的電話鈴聲馬上在急診室某個角落響起。她索性把耳朵從手機聽筒移開，沿著鈴聲的方向尋找，發現鈴聲是從病人觀察區傳來的。她看見無雙正捲曲著身體，癱軟地坐在椅子上，而身體彎曲的程度彷彿一用力就把脊椎給壓斷似的。找到無雙後，她便把電話掛斷。

靖樹走到她身旁，小心地將她攙扶起身。「無雙，妳怎麼了？」

無雙緩緩把頭抬起。她的臉色十分蒼白，雙眼布滿了紅血絲，嘴唇乾燥得快要裂開一樣。「嗯，妳終於來了。」她的喉嚨過度乾燥，令聲音也變得沙啞。

靖樹嚇了一跳，緊張地問：「妳身體哪裡不舒服？怎麼會突然變成這樣的？」

「沒什麼，我只是急性的食物中毒，醫生已詳細檢查過，身體沒有大礙。」

「妳怎麼會突然食物中毒的？」

無雙顯得有點吞吞吐吐：「一半是意外，一半是我故意的。」

「妳到底在說什麼啊？」靖樹完全聽不懂無雙的意思。

「我喝了過期的牛奶，本來以為只是會拉拉肚子，或頂多吐一下而已。沒想到反應這麼厲害，瘋狂地上吐下瀉。」

「過期牛奶就好比是個超級細菌培育器，特別是在夏天，大腸杆菌的數量可在短時間內以倍數增長。」

「我哪會知道這麼多啊？反正醫生都說沒有大礙，只要拉乾淨便沒事了。等下護士還要替我打點滴，讓身體補充完水分和電解質，我便可以回家了。」

「妳真是亂來的！」靖樹也忍不住說她。「還有，妳為什麼故意喝過期的牛奶啊？」

「我本來只是想裝裝病，找個藉口來急診室一趟，來調查一宗鬼魂出沒的靈異事件。」無雙沒想到最後竟弄假成真了。

靖樹很清楚無雙的個性，她是那種為了調查，可以不眠不休、連身體也不顧的人。「到底是什麼樣的鬼魂，要令你這樣賣力調查？」

「據聞十二年前，曾有一位少年病人在醫院天台離奇墜樓，並在急診室搶救無效後身亡。當時急診室就曾經鬧出過一連串少年鬼魂出沒事件。後來醫院做了一場法事，鬧鬼傳聞也就沉寂下來了。直至最近，又有醫護人員看見少年鬼魂在急診室出現。」

「這種鬧鬼傳聞不是很普遍嗎？」

「但最詭異的，是少年鬼魂竟跑進一位實習醫生的噩夢裡。在前幾天，那實習醫生突然看見少年鬼魂在急診室長廊出現，於是便從後追上去，但最後卻在天台失去了他的蹤影。那醫生想要離開時，突然驚恐發作，差點就暈倒在天台上。」

「鬼魂跑進醫生的夢裡？而且還把他嚇暈？太誇張了吧！」靖樹覺得事情不太可信。

「昨晚胖表姐急著找我，就是為了這件事。當時她是在天台找到那醫生，並親眼看見醫生驚恐發作，差點暈倒在她身上。」

「那胖表姐沒事吧？」靖樹問。

「胖表姐說，由於那少年是死於非命，一直有傳說他是來尋找替身索命的。所以胖表姐十分擔心她跟醫生遲早會遭少年鬼魂殺害。」

「胖表姐會不會想多了？有時候過度的擔憂害怕，也可能誘發出被鬼魂迫害的幻覺及妄想。」靖樹從心理醫生的角度去看。

「胖表姐不是那種胡思亂想的人。所以我才來做個實地調查啊。」

「那胖表姐人在那裡？」

「她突然被叫去處理急診個案。所以我只好急著找妳幫忙。」無雙拉一拉靖樹的衣袖。

「但妳只剩下半條命似的，我們還是改天再來調查吧。」靖樹勸她先回家休息。

「這樣豈不是賠了夫人又折兵！我沒事的。而且我已經想好如何行動了。」無雙打定主意不放棄。「胖表姐已幫我安排了一張輪椅，等下我在打點滴的時候，妳就推我往裡面四處查看，就當我們在找廁所就是了。」

這時，一名女護士正好推著輪椅過來。護士在輪椅旁的支架上掛上點滴瓶，替無雙做靜脈滴注。

長長的滴管在半空中垂下，透明的生理鹽水沿著管道，緩緩注入無雙手背的靜脈裡。「妳先不要亂動，大概三十分鐘才完成滴注。」護士叮囑說。

大概過了十五分鐘左右，無雙的面色開始回復紅潤，身體上的不適感亦已減退大半。她看看手錶，迫不及待地想要展開調查。「趁現在是晚飯時間，急診室當值的人員不多，我們趕快進裡面看看，說不定能找到什麼線索。」

「但是妳的點滴還沒有完成啊。」靖樹提醒她。

「不用擔心，我的身體已經恢復得差不多了。」

無雙身體裡好像有個特別裝置，只要說到靈異調查，體內的腎上腺素便會自動分泌，瞬間把精神與體力提升。靖樹也只好配合著她。為避免被發現，她們盡可能地避開當值的醫護人員，只是急診室的走道四通八達，有如迷宮一樣，才轉兩圈便已迷失了方向。

「這樣吧，我們索性依著地面上的顏色路線，逐一查探不同的區域。」無雙提議。

但走了好一陣子，兩人也沒有什麼發現。當經過急診室後方長廊時，無雙卻突然把靖樹叫住。後長廊的一邊全是牆壁，而另一邊則是一排上鎖的房間，看上去跟其他走道沒有分別。

無雙突然說：「等一下，這個後長廊好像有點古怪。」

第十五章　潛意識轉移

逸辰

有時候的確會是這樣。不管一個人再怎麼樣努力去偽裝，即使把所有人都成功騙倒，最後還是無法騙過自己的內心。而唯一的方法，就只有把自己那段人生記憶也一併刪除。

第二天，在接近中午時分，逸辰再次來到卡夫卡死囚室，教授已經在裡頭等他了。

逸辰依照教授的指示，先放鬆地坐在一張白色的斜躺椅上。

之後，教授從辦公桌的抽屜裡拿出一個球狀的懷錶，懷錶的外殼被水晶玻璃包裹，從外面也能清楚看見內裡精密的齒輪部件。由於逸辰從未試過被催眠的感覺，所以面部肌肉也緊張得繃緊起來。此刻他就像躺在手術枱上的病人，正等待醫生把頭顱剖開，將不知名的奇怪東西塞進腦袋裡。

「先不用緊張，我剖開的不是你的身體，只是你的夢境而已。」教授察覺到他的緊張表情，「你先調整呼吸，放鬆心情。」

在進行催眠之前，教授提醒他說：「在潛意識世界出現的人事物，都只是象徵意義，並且不受物理常規所限制。你才是那裡唯一的創造者與主人。」

「我明白了。」

「如果你準備好了，我就開始為你做催眠。」

教授先將桌上的一個計時沙漏倒置，逸辰看見沙粒緩緩由上而下傾注，象徵時間也正在無聲無息地流動著。

「我會帶你乘坐一班開往過去的時間列車，回到你十二歲的那一年，重溯你當時所經歷過的歲月時光，尋找噩夢中的白衣少年。」教授說。

教授按動懷錶頂上的按鈕，並把懷錶垂吊在半空之中。機械齒輪開始滑動，發出了「咔咄、咔咄、咔咄」的聲音。只是懷錶的指針並不是以順時針方向行走，而是反過來以逆時鐘方向運行，彷彿暗示時間正開始倒行逆向。

「你留心看著指針的轉動，注意聽著齒輪滑動時所發出的聲音。」教授以比平常更加低沉的聲音說著。

指針走了一圈，回到原來的位置。逸辰感到眼皮有點疲倦沉重，但是齒輪轉動的聲音卻變得越來越響亮。突然，教授把繫著懷錶的鏈子鬆開，懷錶瞬間向逸辰面前掉下，就在距離他雙眼不到十公分的位置煞停住了。這突如其來的下墜，使得逸辰一陣驚嚇恍神。

懷錶雖然停止了下墜，但是地心引力的衝力令懷錶不停地在自體旋轉，水晶玻璃把光線折射進逸辰的眼球，光影不斷在他的眼前迅速飄移流逝。「咔咄、咔咄、咔咄……」他乘著光影穿越時間之流，時間像風輕拂在他的臉上。

逸辰的視線再次清晰起來。窗外的風景一直往後跑，外頭吹來的風，夾雜了清草與煤炭的味道。他回到了十二歲的那一年，距離康復出院已經有六個月了。他身上穿著簇新的棉大衣，安靜地靠着媽媽旁邊，兩人坐在一列開往外婆家鄉的火車上。他手上拿著一枝2B鉛筆及美術課用的純白畫冊，正在描素火車上一角的情景。他的畫冊裡全都是素描習作，畫了一堆動物與風景，但其中的一幅卻是一個奇怪的人形素描。

「那是什麼？」媽媽好奇地問他。此刻的媽媽其實是教授化身而成。這正是催眠有趣的地方，催眠師可按場景隱身成不同的人物而不被發現。

「抽象人物素描啊。」小逸辰回答。「老師叫我們閉上眼睛，想像一個抽象的人物並素描出來。當時我腦裡突然出現了這個人的形貌，所以就把它畫下來了。」

嚴格來說，那確實是一幅不錯的人形素描，身體的線條勾勒得相當立體，頭顱、軀體及四肢的比例也非常準確。就只除了身體的姿勢擺放。人物的手腳都像被扭曲錯誤配置，給人一種不僅是不正常，而是恐怖的感覺。

「你為什麼會對這形貌有印象的？你是在哪裡看過這個人嗎？」媽媽問小逸辰。

小逸辰搖搖頭。「我沒有親眼見過他。但是有這個印象。」

媽媽覺得有點困惑，繼續問：「這個人在做什麼？」

「他正趴在地上，一動也不動。」

「為什麼他會是這樣的？」媽媽問。

「因為他是一具屍體，手腳都已經折斷了。」小逸辰說著說著，自己也開始有點害怕。

「那這個是誰的屍體呢？」媽媽吃驚地問。

「不知道。是我不認識的人。」小逸辰顯得一臉茫然。

「地上除了他的身體以外，還有什麼東西嗎？」

小逸辰想了一想，「好像還有一個書包。」

書包？教授想起白衣少年也有一個背包，他於是問：「書包裡面放了些什麼嗎？」

「是一些很重的東西。」

「是書本嗎？」

小逸辰搖頭說，「好像是磚頭之類的東西。」

「我明白了。」媽媽點點頭，又問：「那麼書包上有看見他的名字嗎？」

「書包上有一個名牌，沒有寫他的名字，但是有一個號碼。」
「什麼號碼？」
「419。」
「419，那是代表什麼？」
「可能是他的身分代號、日期，又或是房間號碼。」小逸辰猜測著。
「那我們一起去找他吧。」媽媽突然提議說。
接著，媽媽牽著小逸辰的手離開坐位，沿狹窄通道走到車廂盡頭。
「他就在前面的車廂，只要穿過前面這道車門，就可以在419號位置上找到他了。」媽媽對逸辰溫柔地說著。
小逸辰不敢鬆開媽媽的手，顯得有點猶豫。
「不用擔心，你推門進去看看吧。媽媽就在你身後。」媽媽從後按著他的肩膀說。
小逸辰用力推開車廂大門，跨過分隔兩台車廂的連接隙縫，然後踏進了一條熟悉的白色走廊。他瞬間走進了醫院的急診室。他仍然是十二歲時候的自己，只是正穿著一身白色的醫院病人服。他看見爸媽坐在長廊不遠處的一張長椅上，顯得一臉憂心忡忡似的，他走近去喊他們。
「爸爸！媽媽！」只是爸媽完全看不見他。
「我在這裡啊！」他再大聲一點喊。但不管怎樣喊，爸媽都沒聽到他的聲音。
一名醫生從旁邊的房間走出，跟爸媽說了一連串的話：「你兒子因為二度溺水，出現了嚴重的肺積水併發症，現在更因缺氧而出現心臟衰竭。他的生命隨時會有危險，但我們會盡一切辦法拯救他的。」說畢，醫生便回到房間繼續進行急救。

房間的門樑上突然亮起了一盞紅燈。他戰戰競競地推門進去。他看見幾名醫生護士正圍著病床，而床上躺著的正是另一個自己。醫生將不知名的液體注射進另一個自己的手臂肌肉，再從胸腔抽走一些淡黃色的積液。只是那個自己已經陷入昏迷，毫無生命跡象。看到這情景，他感到十分害怕，驚覺自己原來已經變成一個鬼魂，怪不得沒有人看得見他。

此時，監察儀器突然響起一陣不安的長鳴聲，房間氣氛霎時變得緊張起來。醫生隨即拿起心臟除顫器，以高壓電荷朝另一個自己的胸膛電擊過去，就在電擊的剎那，他整個人被彈射到房間外的走廊地上。他趕緊爬起身，沿走廊跑離房間，只是他根本不知道自己要往哪裡去。他在走廊轉角處蹲下來，綣縮著身體，不住地顫抖。

突然，他聽到腳步聲逐漸朝他靠近。他抬頭一看，一名身材肥胖的女護士正站在他的面前。胖護士的樣子十分親切，圓圓的臉，還載著一副圓圓的膠框眼鏡。

護士蹲下來跟他說：「小朋友，你是不是迷路了？你是想到哪裡去呢？」

「妳……看得見我嗎？我是不是已經死了？」小逸辰心有餘悸地問著。

「你還沒有死呢。在這裡，雖然有些人看不見你，但是只要你想見誰，就能見得到那個人。」胖護士像是在提醒他來的目的。

小逸辰像突然想起什麼似的。他問胖護士：「我想找一個年紀跟我差不多的少年，他也是穿著白色病人服的，妳知道他在那裡嗎？」

「噢，他應該就在419號房間。就是走廊轉角右手邊的第一個房間啊。」胖護士給他指示方向。

小逸辰再次站起身。胖護士陪伴著他走到419號房門前。

「我已經幫你把門鎖打開了，你只要推門進去就是了。」胖護士退到他的身後。

他吸了一口大氣，慢慢轉動門把，推門進去了。

419號房間裡的光綫十分昏暗，一切看起來都是模模糊糊的。等到眼睛再次適應時，小逸辰才赫然發現白衣少年正坐在房中央的座椅上，少年一直低著頭，沒有說話。

「你是誰啊？怎會在這裡的？」小逸辰始終無法看見他的臉。

白衣少年並沒有理睬他。

「你聽得見我嗎？」小逸辰大聲一點說。他心裡想，難道少年跟其他人一樣都聽不見他嗎？

「當然聽到啊。」少年補充說：「只有鬼魂才聽得見鬼魂說話的。」然後少年發出一陣冷笑。

「你是否就是從醫院天台掉下來的那個少年？」小逸辰大膽地問。

「我從哪裡掉下來都跟你沒有關係。反正我已被困在你的身體裡，哪裡也去不了啊。」

「為什麼你會困在我身體裡？」小逸辰不明白。

「嘿！是你把我硬拉進來的。」少年冷冷地說。

「你是說，是我把你關在這裡的？」小逸辰一頭霧水。

「反正也沒差，贖罪的地方在哪裡都是一樣。」

「你為什麼要贖罪？你犯了什麼錯嗎？」

「這事跟你無關，我勸你不要多管閒事。」少年有點不耐煩。

「但是這裡明明是我的身體啊，怎麼可能有跟我無關的事情出現？難道你是我的隱藏性格、我的分身嗎？」

「我跟你一點關係也沒有，我甚至對你這個人一點也不在乎。」少年決然地說。「要不然，你就留下來陪我一起贖罪好了！反正這裡是你的世界，你跟我一樣永遠都離不開這裡的。」

小逸辰感到十分混亂慌張，「你到底是誰？你快把頭抬起來，讓我看清楚你的樣貌啊！」

「你想看我的臉嗎？」說完，少年突然把頭抬起。少年就只有一張空白的臉，一張沒有五官、沒有輪廓完全空白的臉。

「你從來沒有跟我碰過面，怎麼可能會知道我的臉啊！哈哈……哈哈……」少年的笑聲像是震動了整個房間。然後所有的燈光一同熄滅了，只留下一片黑暗與少年笑聲的迴響。

小逸辰嚇得整個人跌倒在地上。他一直退到牆邊角落，摸黑想要找回進來的那道門。「救命啊！快救我！」

這時胖護士的聲音從房外傳來。「不用害怕，你的衣袋裡有一支手電筒，伸手進去口袋把電筒打開吧。」

小逸辰從衣袋裡拿出手電筒，並且緊緊地握在手裡。

「我數三聲後，你便把手電筒打開，一、二、三！」胖護士指示說。

手電筒的照明真的亮起來了。

就在同一時間，教授將枱燈打開，並照向仍在催眠狀態的逸辰。

小逸辰把電筒照向四周，但是少年已經不見了，只留下一張空椅子在房中央。

「現在你慢慢起身，門就在你的右手邊，你可以從那道門安全離開。」胖護士繼續指示著。

小逸辰找到那道門。

「我再數三聲，幫你把門鎖打開，之後你便可以推門出來。一、二、三。噠！」胖護士說。

教授啪的一聲打響了手指頭。419 號房的門鎖被打開了。

當門被推開後，逸辰並沒有回到急診室長廊，也沒有看見胖護士，而是直接回到了卡夫卡死囚室。教授就坐在他的面前。他再次回到了現實世界。

「剛才我是被催眠了嗎？」逸辰感到像是剛從睡夢中甦醒一樣。

「你剛才進入了自己的潛意識，回到溺水意外瀕死的那一天。你就是在那時跟白衣少年第一次相遇的。」教授把懷錶收進抽屜裡。

「但是，當時我不是已陷昏迷狀態了嗎？」

「因為你在被搶救時曾經發生過瀕死經驗。而同一時間，白衣少年剛好也是在死亡邊緣。」

「所以我跟他的靈魂偶然接通了嗎？」逸辰問。

「如果是通過瀕死經驗，也許一切事情就變得有可能了。」教授像證實了一件重要事情。「這是一種罕見的的潛意識轉移現象。」

「潛意識轉移？」逸辰完全想不通是什麼一回事。

「在你動手術期間，白衣少年的部分殘餘記憶意外地轉移到你身上了，當中也包括他的陰影。所以你的身體裡像是多寄居了一副靈魂似的。」教授解釋。

「這聽起來有點像是被鬼魂纏身一樣啊。」逸辰想像自己身後忽然多了一個不知名的影子，既不是長成他的模樣，也跟他的人生毫無關連，卻怎樣也擺脫不了。「所以，那個噩夢所反映的，其實是白衣少年內心的陰影。我只是在無意間，窺探到別人的噩夢而已。」

「是可以這樣說。」教授回應，「你可以稱少年為寄居於你心的靈魂碎片，或者是，殘留在你身上的潛意識。理論上，他應該是一直深深沉睡著，就像一段被封死的記憶一樣。只是因為某些原因，他再度被喚醒了。」

「所謂的某些原因到底是什麼？是因為我巧合地被派到事故發生的急診室工作嗎？」

教授搖搖頭說，「情境雖然是一項有效的記憶索引，但單憑觸景傷情並不足以喚醒沉睡的陰影。真正的原因必定是跟你內心的某個重要東西有關。」教授像在暗示什麼似的。

「是我內心的某個東西把少年喚醒的？」逸辰想了想，「你是想說我自己的陰影嗎？」

教授點頭回應說，「這是我唯一想到的可能。」

「我的內心到底存在著什麼陰影？」逸辰不安地問。

「這個恐怕只有你才知道。我相信，是你的陰影把少年的殘留潛意識從沉睡中喚醒的。說不定這就是你倆的連繫。」教授回答。

經過了催眠及教授的分析，逸辰對於整件事情的來龍去脈，大致都已經理解清楚了。雖然一切聽起來十分不可思議，更有一種在看科幻小說的感覺，但是，這也許是到目前為止，唯一能令逸辰信服的解釋。而且，從一開始，他就對教授有一份莫名的信任感。

「既然你已經知道噩夢跟自己無關，大可以安心地從噩夢離開，回到你原來的人生軌跡。」教授總結說。

「就像一名觀眾，從正在播放恐怖電影的戲院離開一樣。」逸辰苦笑說。

「但至少那裡有一道逃生的出口。」教授像安慰他說。

「只是有些事情發生了，就再也回不了原來的地方，即使能順利從逃生口走出去，也會發現原來的地方已經不存在了。」逸辰有很深回不了頭的感覺。

「有時候的確會是這樣。不管一個人再怎麼樣努力去偽裝，即使把所有人都成功騙倒，最後還是無法騙過自己的內心。而唯一的方法，就只有把自己那段人生記憶也一併刪除。」教授回應說。

「如果你希望那樣，我可以用催眠替你把白衣少年再度冰封起來。」

逸辰感覺自己正站在紅綠燈前，要不就繼續往前，踏上一條沒有退路的未知路徑，要不就永久地停在這裡。他正拿著燈號的按鈕，不知道應該如何按下去。

但突然間，老頭的說話彷彿在他耳邊響起來了：有些事情，如果當時沒有解決掉，就會一直停頓在那裡，不管過了多久，事情都不會改變，都會一直在等你……

「如果我不想就這樣逃離，還有其他的方法嗎？」逸辰問。

「催眠只能讓你找到噩夢的源頭，如果想要跨進那陰影裂縫，唯一的方法只有通過瀕死。」教授回答。

「瀕死？你是說再一次回到死亡邊緣嗎？」對於逸辰來說，瀕死只可能發生在急病或意外的過程當中，不管是小時候的溺水意外，或是老伯的突然心臟停頓，那都是絕不可能隨意製造出來的生命狀態。

「沒錯。我可以透過『瀕死容器』，替你製造出另類的瀕死體驗。」教授目光直視著逸辰說。

「瀕死容器？」逸辰從未聽過世界上有這樣的儀器。

「瀕死容器是我所製造出來的，目的就是為了能夠進入瀕死體驗的精神世界。我正打算進行一場瀕死實驗，在實驗中，瀕死容器將會派上用場。如果你願意參加這場實驗，我就可以透過瀕死容器為你製造出新的瀕死體驗。但是，是否參予這場實驗，你需要好好考慮清楚，因為你必須承擔相當程度的生命風險。而且，因為某些原因，這場實驗必須祕密地進行。」

逸辰認真地想了一想後，下定決心般地說，「我想要參加這場瀕死實驗。也許這就是唯一能夠解開白衣少年之謎的方法。」

教授看了看手錶，像是在確認時間般。「我們先在這裡等一下。」

他們到底是在等什麼？逸辰並沒有再問下去。他只是在一旁安靜地坐著。過了沒多久，響起了幾下敲門的聲音。

「能請你替我開一下門嗎？」教授對著逸辰說，「左邊的那扇門。」

逸辰站了起來，拉開左邊的大門。他跟來訪者打了照面，一時間竟驚訝得說不出話來。

竟然是她?!

第十六章 沉默的證人

靖樹

他站過的所有角落，碰過的所有器物，留下的所有東西，即使在他毫無意識底下，也會留下一個跟他對抗的沉默證人。凡走過的，必留下痕跡。

無雙的身體像裝有某種天線，對環境所發出的特殊訊號十分敏感，就如同靖樹對身體符號特別靈敏一樣。無雙開始仔細檢查急診室後方長廊的每個細部，從天花燈光的照視角度、牆身油漆的光滑度、地板組成物料，乃至於排氣口的位置等等，簡直像一個專業偵探在辦案一樣。

走廊的盡頭是一道逃生門，無雙按下金屬門把，嘗試推開逃生門出去探看究竟。但是，就在她觸碰門把的當下，雙手突然感到一陣異常冰冷的刺痛感覺。逃生門後是一條備用的後樓梯，從地面連接各層，一直通往頂層天台。無雙從樓梯的中間隙縫仰望上去，隱約看到頂層出口有日光照射進來。

「妳有沒有感覺到這裡的氣流特別強勁？」無雙用舌尖舔濕食指指頭，再高舉在半空位置，用以測試空氣的流速度及流向。

「醫院的通風系統一般都是採用正壓氣流設計，目的是幫助排走室內的污濁空氣，以減低病者的交互感染機會。正壓氣流在通過狹長的後長廊時，會自然地加速，所以形成一股強勁氣流。」靖樹從物理角度分析說。

「不只是這樣。這是因為煙囪效應。」

「妳說什麼煙囪啊？」靖樹問。

「本來已經變得急速的氣流，沿盡頭的垂直梯間再往上爬升，並在頂部的天台出口迅速散去。這就剛好形成一個排放氣體的特大煙囪。」無雙指著逃生梯間說。

「那強勁的氣流會對人產生什麼影響嗎？」靖樹不太理解無雙話裡的意思。

「當然會。當人走在狹長的空間時，本來就有一種壓迫的不安感，如果連通過的氣流也突然變得急促，更會出現陣陣寒風掃過背部的感覺，使人感到毛骨悚然。」無雙解釋。「在風水學上，走道是給人和空氣流動的通路，宜緩宜聚。加上長廊直沖盡頭的逃生大門，直來直去的氣流更見急速強烈，風水學上就被稱為『穿心煞』。」

靖樹覺得雖然這聽起來像是風水學說，但其實跟環境心理學十分相似，只是不同的詮釋而已。

無雙從袋子裡拿出一塊黑布。「靖樹，可否幫我用黑布蓋住樓梯壁上的照明燈。」

靖樹按指示把燈用布蓋上，整個後梯間霎時變得昏暗起來。等眼睛習慣以後，她再打開手機的照明裝置，以白色光束分別照射在地面與樓梯階梯上。

「妳到底在做什麼？」靖樹問。

「凡走過的，必留下痕跡。」無雙回答。「這是羅卡定律（Locard Exchange Principle）。」

羅卡是法國著名的法醫及犯罪學家，他指出凡兩個物體接觸時，必定會產生轉移現象。所以在犯罪現場當中，犯罪者必然會帶走一些東西，也會留下一些痕跡證據。

羅卡曾這樣說過：他站過的所有角落，碰過的所有器物，留下的所有東西，即使在他毫無意識底下，也會留下一個跟他對抗的沉默證人。凡走過的，必留下痕跡。不僅是他的指紋和腳印，他的頭髮、他衣服上的纖維，他碰碎的玻璃，他留下的工具，他刮去的塗料，他留下或采集的血液或精液。這些種種，都是在支撐對抗他的沉默見證。這些證據不會被遺忘，它不會因為缺乏人證而消失。它，就是事實存在的證據。

「物理性證據是不會有差錯的，它不會做偽證，也不可能完全消失。」無雙的調查都是根據羅卡定律所作出的。

「妳是在觀察灰塵的痕跡。」靖樹終於明白無雙在做什麼。

無雙輕輕地點頭。「灰塵會把光綫折射回來，所以就能看到留在梯間周圍的接觸印記。你看，這裡的灰塵比外面厚重得多，看來這逃生樓梯平常並沒有人使用或清理。梯間留下了兩款新留下的鞋印，從鞋印的方向顯示，二人都是從走廊進來，然後沿樓梯一直往上走去。」無雙以手機照射地上留下的鞋印。

「胖表姐不是說過，醫生最後是在後長廊失去蹤影嗎？很可能醫生就是從這逃生門出去，一直追著白衣少年到天台的。而另一款鞋印應該就是胖表姐留下的。」靖樹推測說。

無雙小心地檢查著腳印，「的確是這樣。鞋印的紋路似是醫生與護士常穿的平底膠鞋，依尺寸大小，一款是屬於成年男人，而另一款則是個女的。」

「但這裡只有他們兩個人的鞋印，並沒有少年的鞋印啊。」靖樹說。

「除非那白衣少年根本就不存在，一切只是這個醫生的幻覺。這是第一個假設。」無雙繼續說著，「又或者醫生追著的是一具鬼魂，所以根本不會留下走過的痕跡。」這是無雙的第二個假設。

不管是那個假設，她們暫時都沒找到實質性的證據支持。

「我們是先退回走廊再說吧。」無雙說。

靖樹一把逃生門關上，頓時感到鬆一口氣。

退回走廊後，無雙繼續在尋找別的線索。

「胖表姐還說今早有位清潔工在走廊打掃時，突然感到背部一陣涼風吹過，好像有誰站在身後，但是當她轉頭去看時，卻什麼也沒發現。當打掃完畢，女工說似乎看見了一個少年白色身影在這盡頭飄過，並穿越逃生門消失了。」無雙說。

「涼風可以說是氣流所致，但少年白影飄過又怎樣解釋呢？」靖樹問。

「妳有否留意到走廊末端有強烈的靜電現象？」無雙指著逃生門的金屬門把。「剛才按下金屬門把時，我雙手感到一陣刺痛，起初還以為是冰冷關係，後來才發現是靜電的緣故。」

「為什麼會有靜電？」

「很難說。可能是因為打掃時，清潔儀器的高速轉動產生磨擦而引致；又或在走路時，鞋底及膠輪跟地板不斷的磨擦，甚至是附近房間的醫療儀器，全都可引起靜電。只要是在乾燥的環境底下，靜電便很容易產生形成。」

無雙把一張紙巾撕碎掉落地上。紙巾隨氣流飄起，並自動黏附到輪椅的膠輪上。「這就是靜電現象。」

「那麼靜電跟白影的關係又是什麼？」

「走廊末端累積的灰塵本來就比較厚重，加上靜電作用，灰塵容易被飄起懸浮於半空之中。特別在明暗不定的燈光底下，懸浮的灰塵便有可能變成清潔女工所看到的白色鬼影。一旦遇到氣流經過，鬼影甚至會隨風移動消失。」

「所以，鬼影飄移很可能只是單純的自然現象。」

「除了是一種物理現象，也許還有另一個可能。」無雙停頓了一下，「有沒有聽過鬼眼的謎團？」

「什麼鬼眼啊？」

無雙從口袋拿出一個指南針，平放在手掌心上，觀察指南針的擺動方向。只見指針搖擺不定。

「這裡設置了大量先進的醫療儀器，這些儀器都會產生強力的無線電波與磁波，直接影響了周遭磁場的穩定性。」

「妳說的鬼眼，是跟磁場有關係嗎？」靖樹問。

「鬼眼指的並不是能看見鬼魂的眼睛，而是一種異常的腦神經活動。科學實驗早已證明，強力及變化不定的磁場，有可能引致中樞神經系統失調，甚至引發幻覺、妄想、眩暈或恐慌等症狀。」無雙解釋。

瑞士的認知神經科學家布蘭克曾對一位二十二歲的癲癇患者進行測試，發現患者腦部顳頂交界區受到刺激後，就感受到身後有人如影般跟隨，甚至宣稱看見了鬼魂。顳頂交界區跟自我意識非常有關，負責整合視覺、聽覺、觸覺等身體各感官訊息。所有訊息在經過顳頂交界區進行分析後，讓人得以判斷出自己身在哪裡、在做什麼，以及看見什麼。

就在這時，兩人突然從後梯間裡聽到一些奇怪聲響，「噠！噠！噠！噠……」後梯間的聲響，彷彿是彈珠從樓梯上掉落到地面的聲音，而且那彈珠聲越來越接近逃生門。

靖樹與無雙頓時互望了一眼，立即屏住呼吸，把耳朵貼近逃生門留心傾聽。彈珠一直向下滾動，直至撞上逃生門才停止了。她倆感覺到有誰正站在門後，彼此正隔著逃生門在互相窺探一樣，誰也不敢妄動或發出聲響。

到底是誰站在門後？是人還是那少年鬼魂？無雙大膽起來，輕力地慢慢按下門把，想要推門出去。

「妳們在這裡幹什麼啊?!」突然，一把尖銳的女人聲音從長廊的另一端傳來。

靖樹與無雙被突如其來的叫聲嚇了一大跳。兩人更把頭撞在了一起。這叫聲把剛才的僵持沉默打破了，逃生門後再沒有任何動靜。

那叫聲原來是由當值的護士長發出，她用手托一下臉上的粗框黑眼鏡，一臉狐疑地盯著倆人。她像是在確認什麼似的。在確認沒問題後，她才敢從走廊轉角處急步走來。「你們是什麼人？這裡是禁止外人進入的區域。」護士長仔細上下打量兩人。

「妳一看也知道我是病人吧。」無雙指指輪椅旁掛著的點滴瓶與手上的導管。「我肚子很不舒服，想要上洗手間，找了半天也找不到。」她還裝得一臉無辜地抱怨說。

護士長看見無雙的樣子，相信她真的是病人，態度才稍為軟化下來。「洗手間不在這邊啦。妳們沿長廊往回走，轉個彎後就會看見地上的藍線，先跟著藍線走，之後再換成黃線，很快妳們便會看見入院登記處。洗手間就在登記處的旁邊。」

「嘩，好複雜啊！」無雙認真地說。

「反正我也要到登記處，我帶妳們過去吧。」護士長有點不太放心，怕她們迷路到處亂闖。

「護士小姐，門後不是洗手間嗎？那到底是什麼地方？」無雙裝作一臉好奇地問。

「沒有什麼，只是逃生用的後備樓梯，都已經多年沒人使用了。」護士長走在她們前面帶路。
「但我們剛才聽到裡面好像有人的聲音啊。」無雙試探說。
「什……麼人聲啊？裡面不可能有人的。」護士長吞了一下口水，喉嚨間發出了令人不安的聲響。
「我們聽到裡頭有彈珠滾動的聲音及人的腳步聲啊，而且好像有誰正站在門後似的。」無雙並沒有說謊。
「不……可能的，裡面怎會有什麼彈珠或腳步聲？一定是妳們聽錯了！」護士長一臉鐵青，語氣中充滿了害怕。
「噢，妳說得好像我們見鬼一樣啊。不會是真的有什麼鬼吧？」無雙也裝成害怕的樣子。
「鬼……沒有什麼鬼，只是那邊是……重輻射區，所以一般不會有人靠近的。」護士長說話吞吞吐吐。她馬上轉換話題：「啊，妳的點滴已經打完了，去完洗手間後趕快回候診室等醫生。」
三人返回入院登記大堂。
「洗手間就在右手邊。我先回去工作了。」護士長說完後便轉身急步離開。
「有沒有發現那護士長神經兮兮的，肯定是在說謊。」無雙首先說道。
靖樹一路上也在觀察護士長的反應。「她像是在隱瞞什麼似的。當她聽到逃生門後有聲音時，她的表現極不自然。而且她說話時，眼睛常下意識地往左下方看。」
「那是代表什麼啊？」

「說話時，眼睛的方向會透露人是否在說謊或虛構一些事情。」靖樹解釋。「人的右腦主要是控制創造力及左邊身體，當捏造一些事情時，眼睛會隨右腦運作而下意識地往左方看。」

「所以她的眼睛出賣了她。」無雙回應。

「而且她的雙手一時交疊在胸前，一時插在衣袋裡，缺少了說話時應有的手部動作。這也是出於撒謊者的本能保護意識反射，因想要盡量減少身體向外的占用空間，最後令肢體變得僵硬及不自然。」

「嘩，妳果然是個身體符號專家啊。」無雙佩服地說。

靖樹左顧右盼地說：「我們不能再待在這裡了。如果又給那護士長發現，我們就麻煩了。」靖樹推著無雙回到候診室。

醫生替無雙檢後，確定她已無大礙，便讓她離開。

離開醫院後，兩人先到了附近的 Soul Room 咖啡店。無雙一坐下就嚷著要喝上次的愛爾蘭甜酒咖啡。

「妳腸胃才剛好一點，就要喝有酒精的東西嗎？妳不會是又想要再回急診室去做調查吧？」靖樹不知道她在打什麼主意。

「妳以為我腦子進水嗎！我腸胃真的沒事了，妳就讓我補充一下精神營養吧。」無雙堅持要喝愛爾蘭咖啡。

靖樹也只好順著她。「妳可別忘了自己剛從醫院出來啊。」靖樹提醒她說。

靖樹依舊點了黑咖啡。

「妳看！才拉這麼一天，我的面容就憔悴了多少，胸部也好像也縮了一圈呢。」無雙看著對面牆的鏡子，語帶悲慘地說。

「妳的胸部本來就是精緻的甲優型好不好。」靖樹忍不住揭穿她。

「妳也不要在病人的傷口上灑鹽吧。」無雙眯細眼睛盯住靖樹說。

「先不跟妳說這些有的沒的。」靖樹把無雙拉回正事上。「妳對剛才的調查有什麼結論嗎？」

無雙喝一口冰咖啡。「從那個女護士的表現來看，最近的鬧鬼傳聞應該是已經令員工們變得人心惶惶了。而且不管是否真的曾有鬼魂出沒，有一點我可以肯定，單單是後長廊裡的特殊環境條件，就極容易令人產生見鬼的錯覺。由於鬧鬼的環境因素不斷影響同一地方，令那地方很快得到鬧鬼的名聲。一旦傳聞越演熱烈，鬧鬼現象只會越趨嚴重。」

「這是因為大家聽過太多的鬧鬼傳聞，大腦充斥著跟鬼魂有關的影象與想法。只要感受到莫名的恐懼或不安，便容易演變成鬧鬼的心理暗示，令人把任何接收到的模糊訊息、甚至是自然現象，錯誤解讀為鬼魂作祟的可能。」靖樹回應說。

「鬧鬼就跟愛情一樣嘛，相信的人多，真正遇見的人卻少之又少。」無雙搖頭嘆息說。

「妳到底是在說見鬼還是愛情啊。為什麼好像感同身受似的？」靖樹笑她說。

「都是差不多的東西啦。」無雙再喝一口冰咖啡。她突然轉頭認真的看著靖樹。「只是，這次的靈異調查跟之前我所接觸的有些不一樣。」

「妳是指最後出現在逃生門後的那個聲音吧？」靖樹知道無雙在想這個事情。

「躲在門後的，很有可能真的是鬼魂。」無雙的眼神一直盯著杯中的冰咖啡，看得有些出神。空氣中的水蒸氣遇上冷凍的杯身，迅速凝結成微細的水珠，小水珠慢慢集結形成水滴，再滑著光滑的玻璃表面緩緩向下流去。所有事情彷彿都依著一個看不見的既有軌跡在運行著。

「等等，我突然想到一件事！」靖樹今天到了醫院急診室後，就一直有一種似曾相識的感覺，這才想起原因是什麼。

無雙回過神來看著靖樹。

「十二年前，就是發生少年自殺意外的那一天，我好像也待在這所醫院裡。」

「妳說什麼?!」無雙一副無比驚訝的樣子。

「我想起來了，爺爺也是在那一年過世的，而他的屍體就是被移送到急診室的太平間裡。我記得在太平間送別爺爺時，仵工好像曾把一名從天台墜下死亡的少年屍體送進來，那少年屍體已經用一塊白布覆蓋著，剛好就放在爺爺的旁邊。」

無雙倒吸了一口大氣，拿起杯子，一口就把杯中的咖啡喝光，「事情不可能這麼巧合的，也許妳跟這一連串靈異事件也有著什麼關係。十二年前，在這個急診室內，到底發生了什麼不為人知的事情？」

「看來這並非一宗單純的鬧鬼事件。只是，我一點頭緒也沒有。」靖樹搖搖頭說。

「事情已經到了一個不可用常理解釋的程度，我們想破頭腦也沒有用啊。不如等明天跟教授會面時，向他說明這一切吧。」無雙提議說。

「教授或許可以給我們指引一些方向。」靖樹點頭同意。

星期三下午三點，兩人約好先在開心公園碰面，然後一同前去找教授。她們到達卡夫卡死囚室，靖樹先站在門外，禮貌地輕敲左邊的門。只是前來應門的並不是教授，而是一張曾經見過的面孔，那面孔把靖樹嚇了一跳。

竟然是他?!

第十七章 瀕死安慰劑

逸辰／靖樹

也許就像有誰說過，世間上所有的相遇，都是久別重逢。

靖樹跟逸辰同一時間都呆立在那裡，完全不知該如何反應。

「靖樹，怎麼啦？」無雙從靖樹身後探頭出來看過究竟，看見的竟然是教授演講那天撞到靖樹的人。「噢，他就不是妳之前在醫院樓梯間撞到的男生嗎？」

「好像是。」靖樹這才回過神來。

「這麼巧啊！你也是來找教授的嗎？」無雙問。

「對，我跟教授在等……應該在等人吧。」逸辰其實也不知道他們到底在等什麼，所以只是推斷地說。

教授從辦公桌那頭走過來，看見靖樹跟逸辰二人的表情反應，像意會到些什麼似的。「看來，你們兩人應該不是第一次見面了。」

靖樹忘記了教授也是個身體符號的專家。「我們其實並不認識，但也不是初次見面。」

「妳的說話有點含糊，又帶點浪漫，好像是愛情電影中的對白啊。」無雙衝口而出說。

「妳在胡說些什麼啊。」靖樹用手肘輕輕撞了無雙一下，表情帶點尷尬。

「也許就像有誰說過，世間上所有的相遇，都是久別重逢。」教授像在暗示什麼似的。「大家進來再說吧。」

三人於是圍著教授的辦公桌坐下。

教授首先開腔說道：「這場瀕死實驗所需要的人員，終於都到齊了。」說完後，他以一種耐人尋味的目光看著三人。

「在解釋這次實驗之前，我先讓你們互相認識。」教授逐一介紹房內各人。「靖樹是醫院的臨床心理治療師，她是身體符號的專家。無雙是大學心理研究所的成員，專長是調查靈異事件。至於逸辰，他是醫院急診科的實習醫生。」

無雙聽到逸辰是實習醫生，馬上聯想起之前在急診室所做的靈魂調查，不經意地看了他一眼。

教授繼續說：「這次的瀕死實驗將分成兩個部分，第一部分可算是給你們的測試與考驗，你們必須成功通過，才有機會進入瀕死時的高層精神狀態，複製瀕死體驗。」

「教授，除了突發的傷病意外，到底還有什麼方法可以進入瀕死狀態？」逸辰心急地問。

「想要複製瀕死體驗，也並非完全不可能。只要把瀕死的過程有效分解，便會發現那些組成元素就像是一串進入瀕死世界的鑰匙，可以打開一道道被鎖上的心靈之門。」

將瀕死有效分解成組成元素？靖樹想起教授經歷瀕死意外時的幾個不同的精神認知階段，而逸辰則想到了棉花糖及分子料理。

教授補充說，「瀕死是極端主觀的個人感受及體驗，所以必須找到自己所相信的死亡方式，才能把身心瞞騙過去，觸摸到瀕死世界的大門。」

「所以重點是要找到自己所相信的死亡方式。」無雙重複教授的意思。

「這就像是要找出屬於自己的瀕死安慰劑一樣啊。」靖樹說。

「瀕死安慰劑。這確是很貼切的代名詞。」教授繼續說，「然而，你們必須注意，藏在潛意識底層的除了會是生命的鑰匙外，也有你們各自生命中的陰影。如果沒辦法好好處理自身的陰影，這不僅會成為跨越生死體驗的最大障礙，在過程之中，更有可能引起內心的混亂恐慌，甚至是心理崩潰。」這是教授唯一擔心的地方，因為陰影只能透過自己去克服。

「所以我們既要為自己製造瀕死安慰劑，同時亦要面對自己的陰影，這簡直像一件不可能的任務啊。」無雙有感而發地說。

「如果能成功製造瀕死安慰劑，便能看見通往瀕死精神世界的路徑。」教授說。

「那實驗的第二部分到底是什麼？」這次換無雙心急地追問。

「透過瀕死體驗，找出逸辰所做的白衣少年噩夢的真相。我懷疑逸辰身上出現了罕見的潛意識轉移現象。」教授回答。

潛意識轉移現象?!靖樹跟無雙聽到後面面相覷。這好像是一些瘋狂科學家的構想，或是科幻電影中才會出現的橋段。但逸辰卻表現得出奇的平靜。

「你的意思是，透過瀕死體驗，有可能將一個人的潛意識轉移到另一個人身上嗎？」靖樹再次確認教授的意思。

「是有這樣的可能。如果我說潛意識中的記憶，也能通過瀕死體驗中的神祕管道作出轉移，你們會覺得這是天方夜譚嗎？」教授問。

記憶也可透過瀕死體驗傳播給別人？靖樹覺得這已經遠遠超越了她對瀕死的想像。「就像血液中的抗體與病毒一樣被轉移嗎？」靖樹比喻說。

教授點頭，「這是很貼切的比喻。」

「我聽說過在器官移植的過程中，捐贈者的記憶與個性特質是有可能轉移到繼承者身上的。」這是無雙唯一想到的類似情況。

無雙舉出一些器官移植案例作說明。

英國一位水管工人在接受腎臟移植後，突然由一位不諳藝術的藍領變得熱愛藝術，並在不知從那裡來的創作意念下，畫出了許多超水準畫作，最後成為了有名的藝術家。另外美國也有一位心臟移植患者，他在接受手術後不久，透過書信意外地認識了捐贈者的遺孀。他跟那女士第一次見面時，就感覺自己跟她已經認識多年，並對她產生了強烈的愛意，兩人更決定閃電結婚。但是，在換心後的第十二年，男子突然朝自己開槍把生命結束，這恰巧跟捐贈者當時的自殺方式是一模一樣的。

「所以，人體的主要器官都擁有某種記憶功能嗎？」靖樹問。

「美國加州心臟協會的專家曾經提出，心臟裡有一種具有長期及短期記憶的神經細胞，在心臟跳動運作的過程中，形成了一個微小但卻複雜的神經系統。有了神經系統的存在，記憶和意識便有可能產生。」教授解釋。

「這樣說，潛意識不只存於大腦的神經系統，又或是主要器官，而是遍布於整個身體裡。」無雙說。

教授點頭。「嚴格來說，潛意識是由每個細胞共同協調創造出來的。在器官的移植過程中，捐贈者的記憶、性格特質與生活喜好，也有可能一併被轉移到接收者身上，從而多出了一個自己身分以外的人格。這種個性轉移與解離性人格障礙完全是兩回事，並不是因心理創傷而創造出來的分裂人格。」

靖樹還有一點不明白，「器官移植已經是相當普遍的外科手術，理應所有的移植患者都會出現這種潛意識轉移，但為什麼這卻是極為罕見的現象？」

「我相信潛意識轉移其實是跟瀕死體驗有關，出現的機率大概只有萬分之一。在主要器官的移植過程中，患者的身心正處於極端狀態，因此很有可能引發出瀕死體驗。瀕死時的生命體接觸，正好提供了這樣的潛意識轉移管道。」教授提出了一個令人意想不到的假設。

只是，三人根本無法想像什麼是連接生命體的神祕管道。

「這一點我會以逸辰的經歷作說明。他亦是實驗第二部分的研究個案。」

接著，教授講述了逸辰十二年前的溺水意外，還有他最近重複出現的噩夢內容。教授推斷說：「逸辰是在外科手術期間，出現了另類的瀕死體驗。他的靈魂曾經跟自殺少年的靈魂有過某種接觸，而那接觸相信就是噩夢轉移的重要關鍵。」

聽完教授的介紹，無雙更加確定逸辰就是胖表姐口中所說的實習醫生。「原來你就是急診室的鬼眼醫生！」無雙說。

「鬼眼醫生？」逸辰一臉不解。

「我的表姐就是急診室的胖護士。」無雙說，「胖表姐把少年鬼魂的事情告訴了我。昨天，我已跟靖樹到急診室進行了實地調查，結果發現後長廊環境存在很多不穩定的物理因素，只要稍微加上大家的疑心，鬼魂的錯視幻象便會馬上產生。」無雙把調查結果詳細說出。

「但是，我不認為我當時在急診室所看見的只是幻覺。」逸辰十分確信自己沒有眼花。

「我們在逃生梯間還曾聽到一陣彈珠掉落地面的聲音，而且當時好像有誰正站在逃生門後一樣。」這是無雙唯一無法提出合理解釋的部分。

「彈珠？」逸辰突然想起什麼似的。「我在天台上快要暈倒之前，也曾聽到過彈珠滾地的聲音，而且還在逃生梯口看見一團白影。」

「難道逸辰噩夢中的白衣少年，真的變成鬼魂並出現在醫院裡嗎？」靖樹感到太不可思議了。

「雖然我不排除鬼魂存在的可能性，但到目前為止，都只能證明自殺少年的陰影意外地轉移到逸辰的潛意識裡，並以噩夢形式一再呈現。理論上，那被轉移的陰影應該是一直被封印著的，而自殺少年的殘留潛意識也不可能離開逸辰的身體。所以鬼魂出沒事件說不定是別有內情。」教授回應。

「如果這事情一日不解決，接下來，醫院只會陸續出現更多的鬧鬼疑雲。我希望將急診室變回原來的救人場所，不想影響到病人及其他醫護人員。」逸辰說。

「我也希望把鬧鬼的真相查出，否則這件事也會像鬼魂一樣一直纏繞著我啊。」這是無雙對靈異調查常有的強迫症行為。

「只是，我不明白為何被轉移的陰影會突然被解封的？」靖樹問。

「在一個月前，逸辰再次回到發生瀕死經歷的醫院當實習醫生，少年的殘留潛意識因此而被喚醒了，引致少年的陰影重複出現在逸辰的噩夢裡。」教授說。

「好像所有事情都是跟這所醫院有關。」靖樹說。

「或者是跟在這所醫院裡發生的某些事情有關。」教授補充說。

「剛才說逸辰的靈魂曾經跟自殺少年的靈魂有過某種接觸，指的到底是什麼？」靖樹追問。

「那接觸應該是透過活體的細胞或器官移植所造成的。」教授解釋：「如果沒有推算錯誤，自殺少年的心臟應該是被移植進逸辰的身體裡，所以連帶少年的殘留潛意識也一併被轉移了。」

「心臟移植？逸辰曾經進行過心臟移植嗎？」靖樹吃驚地問。

「我已翻查過醫療記錄，逸辰當時之所以能救活，其實全靠一名恰巧同時於醫院身故的一位少年病人把心臟捐出，但是出於因保密緣故，捐贈者的身分並未記錄在醫療檔案裡。而逸辰接受外科手術的當日，醫院剛好也有一名少年病人因為墜樓而身亡，所有的時間點都是完全吻合的。而死亡報告顯示，少年母親同意將兒子的所有器官捐出，以遺愛世人。當中亦包括了少年的心臟。所以綜合各種跡象，我相信心臟捐贈者就是那墜樓少年。」

「如果把恐怖記憶當成是捐贈者陰影的化身，那陰影確實有被轉移的可能性。」靖樹恍然大悟的說。

「只是，受贈者應該會對那些恐怖記憶感到莫名其妙吧，因為這根本不是屬於自己的東西。」無雙想像那到底是什麼感受。「這就像身上忽然多了一道醜陋的傷疤，怎樣也洗擦不掉，但是自己卻明明沒有受過傷啊。」

「我的感覺正是這樣。有一天醒來，突然發現身後多出一個不屬於自己的影子。」逸辰說。

「我相信在逸辰身上，就曾經發生過這樣的潛意識轉移現象。」教授繼續說，「如果想要解開一切的謎團，逸辰必須進入墜樓少年殘留的潛意識，像是進入另一個寄居在他身體裡的靈魂。只是，他們兩者之間隔著一道看不見的裂縫。想要穿越那裂縫，就必須通過『另類的瀕死體驗』。」

另類的瀕死體驗？三人聽完教授對的說話，並沒有即時回應，只是各自在想像，到底如何才能穿越那道裂縫，之後看到的又會是什麼。

教授望向牆上的日曆掛鐘，最後說，「從今天起算，你們只有一個月的時間，製造瀕死安慰劑並通過陰影的考驗。只有成功拿到穿越生死裂縫的鑰匙，才有機會看見真相。」

第十八章 教授 不能承受的真相

只要一旦把鑰匙拿在手上，就等於是要把生命真相從泥土中發掘出來，就不得不承受那個擔子與責任了。

接下來的三天，教授都沒離開過卡夫卡死囚室。他把從中央科學院祕密取回的實驗數據，輸入連接瀕死容器的電腦裡，就在剛完成的一刻，門外突然有人急速地敲門。從敲門的聲音可以分辨出，對方心急地想要得到某種回應，彷彿是帶著什麼重要訊息而來似的。

教授把記憶卡銷毀後，打開左邊的房門，看見門外站著兩個一高一矮的陌生男人。高個子身型瘦削，眼窩深深陷進臉頰裡，他的眼神深邃銳利，感覺上是個十分謹慎、深藏不露的人。而矮個子則圓頭圓臉、體型略胖，他的面部表情豐富十足，似是一個善於表達交際的傢伙。兩人除了外表看上去極為不同外，行為表現也恰好相反。

「教授，請原諒我們的失禮，沒有預約便直接衝過來了。」矮個子先開口向教授賠個不是。

「好像會來這裡的人，一般都不會預約似的。」教授對突如其來的訪客已經習以為常。

「首先應該自我介紹一下吧，但是說到這個真是有點叫人難為情。或者你不會相信，甚至是很難相信，我們其實是兩兄弟來著。而且不是好朋友那種兄弟啊，而是由同一對父母所生出來的親兄弟。」矮個子說時真的有點臉紅起來了。

如果把兩人個別分開來看，這點倒是有些難以想像。只是，如果嘗試把兩人的外表及行為特徵融合起來，卻有一種說不出的和諧協調，彷彿變成了一個正反面並存的完美組合。「兩位雖然不是相似的那種雙胞兄弟，但卻是性質互補的絕配兄弟。」教授回應說。

「教授不愧是心理專家，一看便清楚知道我們的底了。」矮個子好像是兄弟二人中專門負責說話的那個。「那我也就不轉彎抹角了，因為現在的情況變得有點不太樂觀。根據我們接收到的可靠訊息，某些人想要搶走屬於教授的重要東西，而且是非常重要的東西啊。那些人可不是普通傢伙，而是那種為達到目的，會不擇手段做出可怕事情的人。」

「我不明白你所指的『那些人』和『重要東西』是什麼意思。」教授覺得矮個子說話沒頭沒尾的。

「教授是世界最頂尖的生死學專家，教授的『重要東西』當然是跟瀕死研究有關的啦。至於『那些人』，該怎麼說好呢，我們現在還沒有掌握到確實的身分，但是已經很接近源頭了。」矮個子皺著眉頭。

「那『你們』又是屬於哪一方面的人？」

「嚴格來說，我們這個組織並不代表任何一方，不隸屬中央科學研究所，也不是什麼宗教、政治、或商業聯盟派來的。雖然組織從不對外公開，但是，我們並不是什麼非法的地下組織啊。組織從遠古時代就開始一直存在，唯一關心的就只有人類文明及生存而已。在不同時代，組織會有著不同的名稱或代號。」

「只是，世界上卻充滿了各種瘋狂想法的組織。」教授坦白說。

「有時候，好人跟壞人並不能單純地分割或簡單辨別。特別是在這個敏感時刻，教授確實是誰也不能相信啊！這一點我們是可以理解的。」矮個子點頭同意說。「但是，教授大可放心，組織裡的人可沒有什麼瘋狂想法呢。相反地，組織希望可以保護教授的研究，暗中提供所需要的一切協助。」

「那是因為組織也想要得到瀕死研究的『重要東西』？」教授挑明了直接問。

「組織並不想要得到什麼，尤其是別人的東西啊。就如同我剛才所說的，組織只是想要保護人類文明，希望人類文明可以繼續發展下去，就只有這麼簡單的目的而已。」

「所以你們是一個專門保護人類文明的祕密組織。」

「在人類歷史中，這樣的祕密組織一直都存在著。有人說古時代的薩滿巫師、密宗的活佛，或近代的光明會、共濟會等，其實都是人類文明的守護者。」

「這樣說『那些人』就是屬於想要破壞人類文明的一方了。」

「教授不是也說過嗎，但凡是要改變現有生活方式的事物，對一部分人來說，可能是希望，但對某一些人，卻可能是致命的威脅與危險。」

「而且帶來的改變潛力越大，被壓制的力度也將越大。」教授回應。

「對於這一點，教授大可放心，務必請你要相信組織啊。」矮個子誠懇地說，「組織是非常希望教授的研究可以為人類帶進文明的新紀元，文明的發展，可不能因為某些人的自私利益而受到阻撓啊。」

「但凡是人，也總有自己的立場，也不可能做到完全沒有私心。當中也包括你們口中的『組織』。所以恕我不能相信你們的組織。」教授坦白地說。

「教授說的也是啊，想要向前發展其實也是一種立場，亦可能牽涉到發展後所帶來的潛在利益。這個到底應該怎麼辦好呢？」矮個子把頭歪到一邊，擺出一副很懊惱的樣子。

這時候，高個子看看手上的腕錶。

矮個子像突然回個神來似的，喃喃自語說，「噢！差點忘記了，真是的。」他用手拍拍自己的後腦，並把頭拉回正中。「先不要理會什麼立場或利益了。重點是時間喲！我們所剩下的時間已經不多了！」他把眼睛瞪得大大地說。

從進門到現在，教授一直仔細地觀察兩人，發現兩人的行為表現極為不同。高個子行動時，只專注看著前方的一點，或是一直緊盯著人的眼睛，完全沒有任何不必要的多餘動作。相反地，矮個子一面走路、一面愛四處張望，眼睛像停不下來一樣，反映出他是一個充滿好奇心，卻缺乏專注力的人。矮個子像是兄弟二人中專門負責說話的那一個，高個子從頭至尾沒發出過一句聲響，安靜得像個啞巴一樣。只是，在整段對話過程中，高個子的視綫卻從未離開過教授身體以外五公分的距離，就連眨眼睛的動作也少之又少。

教授察覺到兄弟二人在溝通上具有某一種獨特的分工模式。高個子負責接收外在訊息，而矮個子則專注表達，兩人再透過心靈感應互相溝通。

人類的思想主要是以語言模式呈現，你想什麼，腦袋就像在說什麼一樣，這是思考與身體的一種自然聯動。思想會下意識地影響控制喉嚨聲帶的微細肌肉，令發聲系統產生出極微量的生物電流。在一般的情況下，過於微弱的電磁波，是不可能被耳蝸的聽覺神經末梢察覺得到的。只有在極度專注的精神狀態下，聽覺神經才會變得異常敏銳，甚至可以接收並解讀得到別人所想的事情。這可算是一種人類的天賦潛能，透過五官五感以外的渠道，將訊息有效地傳遞交流。

「你們兄弟之間擁有很強的心靈感應能力，這確實是一種獨特的天賦。」教授說。

矮個子大力點頭，並露出一副佩服的表情。「教授真是厲害耶！連這種私密的事情也馬上看出來了。說起來真是失禮，哥哥因為交通意外變成了一個啞巴，而我則自幼就患有感覺統合失調。如果我們缺少了任何一方，訊息接收及溝通的管道就變得不完全了。」

教授不禁認為，世界上實在沒有其他人比起他倆，更適合作為兄弟了。

「你們說所剩下的時間不多，到底是什意思？」教授轉回去剛才的話題。

「根據組織專門研究天文古籍的長老推算，人類文明已經走到了最重要的時刻，亦可能是最危險的時刻啊。」

「天文古籍？」教授重複著矮個子的話。

「教授有聽過馬雅人的天文曆法嗎？」

「之前鬧得沸騰的世界末日預言，就是由古馬雅曆法推算出來的。」教授也有讀過相關報導。

馬雅是三千多年前出現在中美洲的古文明。馬雅人擁有高度先進的天文及數學知識，是最先在數學上發明『0』這概念。他們曆法中所包含的智慧，更是其他文明無法所及。他們以二進制為推算基礎，分別制定出太陽曆、卓爾金曆及長紀曆等三種週期性的循環曆法。

矮個子覆述著長老的話。「根據馬雅曆法，地球已經走完了四個太陽紀元，現在我們正身處第五個、亦是最後一個紀元。長老以二萬六千年為一週期的長紀曆推算，二〇一二年十二月二十一日正是所有馬雅曆法的盡頭，換句話說，也可能是地球文明的盡頭啊。所以一幫預言家才會搶先把那天看成是人類的世界末日。」

「這已經是六年前的事了，人類世界早已安然渡過所謂的末日。」

「那是當然的。因為古馬雅人所預言的並不是世界末日，而是地球新次元世代的正式開始呢。

在那一天，地球的位置剛好跟太陽及銀河系中心連成一線，這可是兩萬多年難得一見的天文異象。地球從那天起已進入更高次元的宇宙振動頻率，這將是人類意識及精神文明前所未有的躍升機會，舊的人類世界已逐漸在瓦解，超新人類將會出現。」矮個子露出一臉期待的表情。

「那跟瀕死研究有什麼關係？」教授問。

「組織知道教授已經成功破解瀕死經驗的組成元素，並且正在研發複製瀕死精神世界的方法。教授曾公開發表了名為『生命之鑰』的瀕死研究報告。不知道是什麼原因，報告於發表三日後就被中央科學研究所撤回了，而且部分的實驗數據及資料也被研究所搶走了。教授應該就是這個原因，才終止了整個『生命之鑰』的研究計畫，並在報告被撤回的那天，帶著『重要東西』離開了研究所。」

「看來組織一直也在注視著瀕死研究，並且掌握了相當多的資訊。」

「這可是關乎了整個人類文明的發展啊。組織相信，教授的瀕死研究能將人類的精神文明帶進更高的次元維度，不再受制於身體、時間，甚至空間。那些一直被封印在潛意識的潛藏能力亦將被釋放，最後進化成擁有超新意識的自由靈魂呢。」

「你的意思是，古馬雅人的離奇集體消失，其實是跟意識進化有關？」教授試探地問。

相傳馬雅文明在西元八世紀進入最昌盛繁榮時代，但卻在九世紀時，整個文明突然沒落解體，數十座古老的城都同時被廢棄，為森林所淹沒。更詭異的，是那些高度文明的馬雅人一樣在一夜之間消失於南美洲的熱帶叢林中，神祕的馬雅文明如何消失，一直是歷史的最大謎團。

「組織相信，一個在當時這麼先進繁榮的部落是不可能突然間銷聲匿跡的。所以不只是馬雅人，還有古時的亞特蘭提斯、墨西哥的奧爾梅克文明、巴基斯坦的哈拉帕文明等，這些古文明的離奇消失，都很可能跟人類的意識躍進有關啊。」

教授並沒有回應什麼，因為組織的想法其實跟他是一致的，而這也是瀕死研究的最終目標。

「組織只希望幫教授能盡快把開啟精神文明的『生命之鑰』找出，並為教授的研究排除不必要的阻撓及障礙。這一波的高次元宇宙振頻就只剩下三個月時間，一旦錯過了，我們可能要多等二萬六千年啊。」

「所以誰掌握了瀕死研究技術，就等於掌握了開啟精神文明的最後鑰匙，不但足以改變現有世界，甚至可以支配人類的未來。」教授說白了。

「所以『那些人』才非要奪得瀕死研究不可呢。」矮個子不屑的說。「『那些人』都是自私自利的既得利益者，只想盡辦法去操控世界、囚禁人類，甚至阻止自己無法接受的真相出現。」

「但不管是科技發明或精神文明提升，這樣的敵對情況其實一直存在。因為任何新事物的出現，對一部分人來說可能是抗體，但對另一部分人卻變成了致命的病毒。在新、舊模式之間，通常就只有一方能被保留下來，而另一方則被淘汰取代。有時候，這就是所謂的進化。」教授有感而發地說道。

「但是真相永遠是真相啊！這不是任由誰願意或不願意能夠決定的。」

「只是，真相不一定會為人帶來希望，只能讓人脫離無明。」教授回應。

「也許這也是組織存在的必要性啊，至少讓世人能看見真相。」矮個子繼續說，「教授或許有所不知，在教授離開後不久，整個瀕死研究團隊被科學研究所接管了。奇怪的事情卻接二連三發生，好幾名主要研究人員先後離奇失蹤，尋回時都像多出了某些恐怖記憶，就像惡性腫瘤一樣，怎樣也清洗不掉。」

「多出了一些不屬於自己的恐怖記憶。」教授一臉神色凝重。

「中央科學研究所公布說，這只是複製瀕死體驗時所產生的不良副作用，雖然只屬短暫性，但為了安全起見，已經禁止了所有瀕死的相關研究，並對研究人員進行了強制性的隔離治療。」

教授聽到這項情報後，大概猜到了科學研究所並未禁止瀕死研究，而是換了形式偷偷地在進行非法的活體實驗。

「那麼到底是誰在背後操控這一切呢？我們到現在還無法清楚掌握。那些人可能是來自政府的祕密機關、宗教的狂熱團體、恐怖組織，又或是跨國商業集團，但不管他們是那裡來的東西，目的都是希望奪取及利用瀕死研究所帶來的成果。這一點教授不可能完全不知道啊。」

對此，教授沒有表示知情或不知情。

「坦白說，以教授的能力，根本不用待在這所名不見經傳的大學。而且教授為了能完成最後的瀕死研究，還故意把實驗室設在已被棄用及鬧鬼的大學角落裡，目的不就是為了躲避那些人的耳目嗎？」

「或者組織現在最需要做的是查明一切，並把那些人逐一地揪出來。如果連敵人都不清楚是誰，根本就不可能保護想要保護的東西。」

兩人知道教授不可能馬上就作出什麼決定的。「我倆只是負責情報收集與訊息傳遞的跑腿工作，但組織裡確實擁有很多能力非凡的人士啊，所以組織是絕對擁有保護鑰匙的能力的。請教授好好考慮與我們的共同立場，如果教授做了錯誤的選擇，後果可是不堪設想的啊。」

「你們說的事情我會認真考慮的。」

矮個子從衣袋裡拿出一張白色紙片，上面寫著一連串的數字，像是個電話號碼。「教授，我們就不打擾了。如果有任何需要或遇到危急情況，可以撥打這個號碼啊。」

矮個子把紙片放在辦公桌上，然後便跟高個子一同離開了。

這兩人一離開，教授立刻把卡夫卡死囚室的大門鎖上，並將房內的所有燈光熄掉。他習慣獨個兒待在黑暗中想事情，每次思考時，他都會安靜地抽雪茄。他從抽屜裡拿出一根古巴Cohiba No.3雪茄，用火柴在雪茄末端上燃點，然後慢慢深深地吸啜。每吸啜一下，末端的煙葉便燃燒起來，發出耀眼的火紅光芒。在寂靜的房間裡，煙葉燃燒時發出的「噼嚦啪嚦」聲響，仍可隱約聽見，成為一種優美的黑夜奏鳴曲。當火光越是接近，他嘴唇感受到的溫度越高，而口中吐出的煙霧就越是濃烈。火光跟他的眼睛只有這麼一點點的距離，就像真相一樣，這麼近、那麼遠。

教授突然想起希臘神話中的潘朵拉。世人或許只會抱怨潘朵拉為什麼要把那盒子打開，卻從沒想過盒子裡裝著的東西本來就一直存在，大家只是選擇看見或佯裝沒有看見而已。教授很能體會潘朵拉當時的心情，因為只要一旦把鑰匙拿在手上，就等於是要把真相從泥土中發掘出來，就不得不承受那個擔子與責任了。

教授的另一個顧慮，就是逸辰他們三人的安全，他其實不想把三人扯進這複雜危險的事情裡。如果跟三人清楚說明一切，只會讓他們成為「那些人」的目標，並為他們帶來傷害。也許暫時讓他們留在什麼都不知道的範圍裡，或許才能令他們遠離「知道」所帶來的危險。

教授把最後的一口雪茄抽完，並作了一個決定。這是他現在唯一想到的辦法。同時間，他也可把選擇權交回三人手裡，是要繼續往前行，走向真相，或是及時往後退，回到一無所知的那處，就由他們各自做選擇吧。

有時候，也許是真相在選擇人，而不是由人在選擇真相。

＊關於角色及其他

逸辰：男性，二十六歲，第一醫院急診室實習醫生。童年時的溺水意外，導致他的靈魂曾經短暫離體，並且擁有可以看見人體氣場的能力。雖然他是個醫學奇才，卻常公然違犯醫院制度，是個很有獨立個性的問題醫生。他被一個重複出現的噩夢困擾，同時間急診室也接連發生鬧鬼事件，他不惜深入潛意識，誓要揭露事件真相。

白衣少年：據聞十二年前，曾有一位少年病人在醫院天台離奇墜樓，並在急診室搶救無效後身亡。白衣少年年約十二、三歲，穿著醫院中常見的白色病服，但完全看不清臉龐。他的鬼魂跑進逸辰的噩夢裡，不斷被懲罰折磨，他只有張大嘴巴，想要發出無聲吶喊，請求救援。

靖樹：女性，二十四歲，第一醫院臨床心理治療師。她的樣子清純漂亮，善解人意，擁有一雙像會說話的亮麗眼睛。她愛穿白色襯衫，胸前顯露出優美豐滿的形狀。她擁有超強的讀心能力，是專門研究身體語言符號的專家。只是，她的家族就像被死神所詛咒了一樣，自她小時候起，親人便一個接一個地不幸死去。在一次交通意外中，她發現了瀕死的祕密，若想要破解死亡預言，唯一的方法就是以死相應。

無雙：女性，二十四歲，大學心理研究所的研究員，也是靖樹最親近的閨蜜。她長得一臉帥氣、五官分明，並留有一頭清爽的短直髮，身型高挑偏瘦，是很受女同志喜歡的類型。她是個心直口快的人，有個不喜歡扭捏做作的急性子。她對於一般的學術研究並不感興趣，只醉心於調查超心理現象及靈異事件，被大家笑稱為科學神婆。

老頭：男性，真實年齡不詳，老頭咖啡店店主，也是逸辰少數願意傾談的對象。他的身高大概只有一百五十公分高，體型及四肢纖瘦，最大特徵是擁有一顆大得不合比例的頭顱。他一出生，便患有提早衰老的遺傳怪病，同一時間就只能專注做好一件事情。由於自小被排擠於大眾所認同的正路之外，他的觀點反而比一般人都要清晰獨到。

Guru：男性，年約八十歲，一位被受尊崇的智者與預言家。他是一名包著白色頭巾、滿臉灰白鬍子的印度老人，帶有一把沙啞的磁性聲音，走路時步履蹣跚。在整個印度，就只留下十八位在世的納迪葉占卜師，而他就是其中的一位。他從靖樹身上看到一股濃烈的死亡氣息，並給靖樹留下死亡預言。

張老伯：男性，七十多歲，是靖樹爺爺的好朋友與老鄰居，可說是看著靖樹長大。他從前是遠洋船員，年輕時熱愛自由不羈的生活，走遍世界各地，直到遇見了太太，才願意安定下來。他沒有子女，太太在兩年前因病過世。他厭倦獨自生活，身體裡的癌細胞已經擴散至多個器官，並已放棄治療。他在餐廳休克暈倒，卻被逸辰搶救回來。

教授：男性，四十出頭，蓄著一頭短髮，外表似一位游泳選手。他曾遇上奪命的墜機意外，並從瀕死體驗及自癒過程中，成功研究出如何透過瀕死，開啟人類潛意識的超常能力。他是唯一集瀕死經驗者、認知心理學博士及死亡調查官於一身的專家，負責中央科學院的「生命之鑰」瀕死研究。只是，他的研究隊員都分別離奇失蹤，神祕組織更對瀕死研究虎視眈眈。他避走到大學的鬧鬼地下室，趕在死線前展開最後一場瀕死人體實驗。

靴子先生：男性，大約五十歲，是個身形強壯的中年男子。他眉髮濃密、皮膚黝黑，眼角細密的皺紋無言地訴說著他豐富的經歷故事。他在大學附近開設 Soul Room 咖啡店，並在咖啡店的大門上方，倒掛著一雙泥黃色的破舊旅行靴。他是一個嚮往自由的旅遊家，喜歡到世界各地冒險歷奇，尤其酷愛神祕的遠古文明。

胖護士：女性，三十歲，第一醫院急診室的女護士。她的外型略為肥胖圓渾，不但體型、臉型圓潤豐滿，還配上一副圓框黑膠眼鏡。她是逸辰的女助護，也是無雙的表姐，雖然為人膽小但卻充滿好奇心。她曾目睹逸辰在醫院天台撞鬼暈倒，遂邀無雙到急診室進行靈異調查。

秦天：男性，二十五歲，第一醫院急診室實習醫生，也是逸辰的醫科班同學。他的性格外向愛玩，愛逗留女護士間，流連夜店。雖然他的醫術不怎麼高明，可是在毒理及藥理方面，卻是班裡數一數二的高材生，最後更協助逸辰破解喪屍巫毒。

陳曉曼：女性，二十八歲，之前是一位中文科教師，也是靖樹的第一位治療個案。三年前，她跟未婚夫出外旅遊時遇上交通事故，未婚夫不幸當場身亡，而她則幸運獲救。康復後她開始每天不停地書寫，除了必要的日常活動外，其餘時間都是拿著紙和筆拚命地寫。她外表跟正常人無異，但卻拒絕開口跟人說話，精神科醫生診斷她患有神經官能強迫症，藥物治療對她完全失效。

靖樹爺爺：男性，六十多歲，是一名舊式上海老裁縫，於靖樹十二歲時過世。在靖樹印象中，爺爺總是穿戴整齊、衣履合身地出現。他的臉上架著一副小圓框老花眼鏡，因為眼鏡不合臉型尺寸，總是會向下滑落，卡在鼻梁上，使得眼睛一半在鏡片內，一半在鏡片外。他縫製的白襯衫是行內有名，亦是最後留給靖樹的遺物。

系主任：男性，六十多歲，大學心理系主任。他習慣戴著厚厚的方形老花眼鏡，每次上課都是穿著同款同顏色的寬身西裝。他對學生非常照顧，明年即將退休。

高矮兄弟：兄弟二人隸屬一個神祕組織，是專門收集情報及發放訊息的跑腿。高個子身型瘦削，眼窩深深陷進臉頰裡，他的眼神深邃銳利，感覺上是個十分謹慎、深藏不露的人。而矮個子則圓頭圓臉、體型略胖，他的面部表情豐富十足，似是一個善於表達交際的傢伙。兩人除了外表看上去極為不同外，行為表現也恰好相反，但卻是親生兄弟。兄弟二人在溝通上具有某種獨特的分工模式，並透過心靈感應互相溝通。

卡夫卡死囚室：文學院大樓一〇一號房，房間位於一條地下走廊的盡頭。幾年前，一位專門研究卡夫卡（Kafka）作品的外籍教授，把這個像被封死的地下房間用作為閱讀研究室，但他卻被發現倒斃在上鎖的閱讀室裡，死因成謎。自那以後，房間便一直被棄置，再也無人使用。房間之後出現了各種各樣的鬧鬼傳聞，既是全校最猛鬼的地方，也被稱為消失的密室。

老頭咖啡店：咖啡店座落在一條不甚起眼的小巷子裡，店門外並沒有掛上招牌。店內的裝潢十分原始簡陋，有點像是從學校教室所改裝而成的感覺。整個店內，唯一能稱得上裝飾的物品，就是工作台層架上的各種咖啡沖泡器皿與用具，以及貨架上排列整齊的不同種類咖啡豆子。全店只放了六張單座的木書桌，是鮮有專為單身客人而設的寧靜咖啡店。

聖甲蟲：在古埃及，聖甲蟲常用作陪葬之物，除了有復生的象徵，也是古時候的護身符。埃及人認為佩戴聖甲蟲飾物，能夠得到幸運、健康、也能避免疾病和痛苦上身。也有人深信聖甲蟲首飾可以祝福戀人們白頭偕老。張老伯把掛有聖甲蟲吊飾的頸鏈送給張太太，作為二人的定情信物，也是死後相認的憑證。

納迪葉占卜術：可算是世界上極其神祕的一種算命術，發源地是在南印度坦米爾那都（Tamil Nadu）地區的瓦迪什瓦蘭村（Vaidheeshvaran Koil）。據說二、三千年前曾有一位印度超凡聖哲 Agathiyar，他能觀透所有人類的過去、現在和未來，他把他所遇見的人生都記錄在狹長的納迪葉上，並預言這些人將有一天回來尋找他們的葉子。他帶領數位聖哲，以特殊方法把一片片寫滿了坦米爾古文的納迪葉分類，並集結集成卷軸，收藏在地下書庫裡。村落裡的幾位長老後來意外地發現了這批古卷，決定把這些寫著關於個人命運預言的納迪葉抄寫下來，並各自一代一代的傳承下去。

國家圖書館出版品預行編目 (CIP) 資料

瀕死．I：陰影 / 鍾灼輝著．-- 初版．-- 臺北市：商周出版：家庭傳媒城邦分公司發行，2019.01
面；　公分
ISBN 978-986-477-589-7(平裝)

857.7　　　107021045

瀕死 I：陰影

作　　者　鍾灼輝
企劃選書
責任編輯　徐藍萍
編輯協力　賴曉玲、林宥晴

版　　權　黃淑敏、翁靜如
行銷業務　王瑜、闕睿甫
總 編 輯　徐藍萍
總 經 理　彭之琬
發 行 人　何飛鵬
法律顧問　元禾法律事務所 王子文律師
出　　版　商周出版　台北市 104 民生東路二段 141 號 9 樓
電話：(02) 25007008　傳真：(02)25007759
E-mail：ct-bwp@cite.com.tw　Blog：http://bwp25007008.pixnet.net/blog
發　　行　英屬蓋曼群島商家庭傳媒股份有限公司城邦分公司
台北市中山區民生東路二段 141 號 2 樓
書虫客服服務專線：02-25007718　02-25007719
24 小時傳真服務：02-25001990　02-25001991
服務時間：週一至週五 9:30-12:00　13:30-17:00
劃撥帳號：19863813　戶名：書虫股份有限公司
讀者服務信箱 E-mail：service@readingclub.com.tw
香港發行所　城邦（香港）出版集團有限公司　香港灣仔駱克道 193 號東超商業中心 1 樓
E-mail: hkcite@biznetvigator.com　電話：(852)25086231　傳真：(852)25789337
馬新發行所　城邦（馬新）出版集團 Cite (M) Sdn Bhd
41, Jalan Radin Anum, Bandar Baru Sri Petaling, 57000 Kuala Lumpur, Malaysia.
Tel: (603) 90578822　Fax: (603) 90576622　Email: cite@cite.com.my

封面設計　張福海
印　　刷　卡樂彩色製版印刷有限公司
總 經 銷　聯合發行股份有限公司　新北市 231 新店區寶橋路 235 巷 6 弄 6 號 2 樓
電話：(02) 2917-8022　傳真：(02) 2911-0053

■2019 年 1 月 28 日初版
定價 280 元

城邦讀書花園
www.cite.com.tw

Printed in Taiwan

　ISBN 978-986-477-589-7